KB252403

프랑스 도시와 마을

권석균의 여행읽기

프랑스 도시와 마을

초판 1쇄 발행 2024년 1월 23일

지은이. 권석균
펴낸이. 김태영

씽크스마트 책 짓는 집
경기도 고양시 덕양구 청초로66
덕은리버워크 지식산업센터 B-1403호
전화. 02-323-5609

홈페이지. www.tsbook.co.kr
블로그. blog.naver.com/ts0651
페이스북. @official.thinksmart
인스타그램. @thinksmart.official
이메일. thinksmart@kakao.com

ISBN 978-89-6529-396-5 (03810)
© 2024 권석균

***씽크스마트** - 더 큰 생각으로 통하는 길
'더 큰 생각으로 통하는 길' 위에서 삶의 지혜를 모아 '인문교양, 자기계발, 자녀교육, 어린이 교양·학습, 정치사회, 취미생활' 등 다양한 분야의 도서를 출간합니다. 바람직한 교육관을 세우고 나다움의 힘을 기르며, 세상에서 소외된 부분을 바라봅니다. 첫 원고부터 책의 완성까지 늘 시대를 읽는 기획으로 책을 만들어, 넓고 깊은 생각으로 세상을 살아갈 수 있는 힘을 드리고자 합니다.

***도서출판 큐** - 더 쓸모 있는 책을 만나다
도서출판 큐는 울퉁불퉁한 현실에서 만나는 다양한 질문과 고민에 답하고자 만든 실용교양 임프린트입니다. 새로운 작가와 독자를 개척하며, 변화하는 세상 속에서 책의 쓸모를 키워갑니다. 흥겹게 춤추듯 시대의 변화에 맞는 '더 쓸모 있는 책'을 만들겠습니다.

***천개의마을학교** - 대안적 삶과 교육을 지향하는 마을학교
당신은 지금 무엇을 배우고 싶나요? 살면서 나누고 배우고 익히는 취향과 경험을 팝니다. 〈천개의마을학교〉에서는 누구에게나 학습과 출판의 기회가 있습니다. 배운 것을 나누며 만들어진 결과물을 책으로 엮어 세상에 내놓습니다.

자신만의 생각이나 이야기를 펼치고 싶은 당신.
책으로 사람들에게 전하고 싶은 아이디어나 원고를 메일(thinksmart@kakao.com)로 보내주세요.
씽크스마트는 당신의 소중한 원고를 기다리고 있습니다.

권석균의 여행읽기
프랑스
도시와 마을
권석균 지음
여행이 끝나자
내 삶이 돌아왔다

씽크
스마트

본 저자는 경영학자이다. 이번에 첫 여행 에세이를 출간하게 되었다. 독자들께서 이 책이 읽어볼 만한 책인지 아닌지를 판단할 수 있도록 이 책의 특성과 기술방식을 설명할 필요가 있다. 여행작가가 아니고 딱딱한 학술논문과 전문서적, 대학교재 등을 쓰는 사람이기 때문이다.

첫째, 저널 형식으로 쓴 여행 에세이라는 점이다. 우선 매일 매일 쓴 글이다. 자연히 여행의 순간을 생생하게 현재형으로 기술하고 있다. 그리고 일기 쓸 때의 말투가 있다. 자신에게 말하는 독백 형식으로 저자의 진솔한 얘기와 생각들이 책 전편에 걸쳐있다. 여행 전에 저자는 지쳐있고 힘든 상태였다. 원치 않았던 사건들로 인하여 고통과 슬픔이 있었다. 그리고 이 저널 쓰기를 통해 저자는 조금씩 단단해졌다. 저널을 통한 치유의 자연스러운 과정이 이 책에 담겨있다. 여행의 힘이기도 하다.

둘째, 많은 매력적인 여행지에 대한 '기록과 체험'이 쓰여있다. 그러니 풍부하고 깊이가 있는 여행 정보가 있다고 말할 수 있다. 파리 14일간의 곳곳의 여행지 탐방, 스위스 9개 도시와 산악의 경험, 프랑스 전역의 28개 도시의 역사 문화 체험과 도시 간 이동의 스토리, 그리고 아이슬란드를 완주하며 거친 도시와 광야들에 대한 사실적 기록과 체험적 감상 등이 이 책에 담겨있다. 놀라움의 여행지들이 가득하다. 여행을 좋아하는 저자가 그간 수많은 세계 여행지를 다녔으나, 이번 여행지만큼 놀라운 경험은 처음이었다. 독자들에게 적극적으로 권유하고 싶은 여행지들이다.

셋째, 퇴임 후 여행기다. 저자는 30년간의 교수 생활을 마치고 지난 2월 말에 퇴임했다. 아직 학생들을 가르치기는 하지만, 전임교수가 아닌 명예교수로서 강의하고 있다. 하지만 학자로서의 퇴임은 아니다. 앞으로도 계속 학문적 저작을 할 것이며, 여행도 계속할 것이다. 인생이 계속되듯이 말이다. 내 나름의 다양한 경험의 인생을 살아오면서 배우고 깨달은 것을 통해 여행을 새롭게 보는 시선을 갖게 되었다. 이 시선으로 여행을 바라보며, 그 느낌을 기록하였다.

넷째, 이 여행은 이동(移動)의 시간 기록이다. 파리 체류 기간을 빼고는 거의 매일 이동하면서 새로운 여행지를 찾아다닌 59일간의 여정이었다. 여행의 참맛은 노마드 라이프(nomad life)에 있다. 고된 몸을 이끌고 새로움을 향한 전진이 여행자를 건강하게 한다. 이 여행의 59일간에 총 78만2천2백사십칠 걸음을, 하루 평균으로는 13258.4 걸음을 걸었다. 이동 거리로는 스위스 기차여행을 제외하고, 프랑스와 아이슬란드의 자동차여행으로만 6,200km 정도를 이동했다. 이러한 '이동의 스토리'가 여행 에세이의 중요한 부분을 차지한다. 이동의 경험이 어떠냐에 따라 여행의 깊이가 달라진다. 여행을 포인트로 찍는 '점의 여행'이 아닌 직접 이동하며 새 여행지를 찾아가는 '선의 여행'이 진짜 여행이라는 게 본 저자의 신념이기도 하다.

매일 강행군을 해가면서 저널을 쓰는 건 힘든 일이었다. 그래도 새벽에 깨어나 지난 하루를 기록하는 게 즐거웠다. 비스듬히 누워서 핸드폰 메모장에 저널을 쓰고 있노라면 지난 하루가 생생하게 되살아났다. 잠 부족으로 에너지가 떨어질 만했으나 이 특이한 경험이 에너지가 되어 내 정신을 더 맑게 깨어있게 해주었다. 이로써 여행이 더 깊어지고 풍부해졌다.

여행은 오감을 자극한다. 여행은 깨어있고 열려있는 시간과 공간이다. 내가 보고 싶은 것만 보는 게 아니다. 물론 모두가 보는 것만 따라가며 보는 것은 더더욱 아니다. 예기치 못한, 생각지 못한, 그리고 생각해낼 수 없었던 것들을 만나는 시간이다. 그리고 이를 통해 나의 과거를 찾아내는 것이기도 하다. 여행은 과거와 현재와 미래를 떠돌아다니며 나를 찾는 것이다. 여행은 어디든 돌아다니며 내 삶의 공간을 재구성하는 것이다.

이 여행을 통해 나는 지금에 있다.

여행하는 마음을 가지고 여행지를 떠올리면서 읽어보기를 독자들께 권한다. 여행을 찾고자 하는 독자들과 이 책을 통해 교감할 수 있기를 기대해본다. (본 여행을 시작하게 된 개인적 동기는 에필로그에서 여행 후 변한 내 모습과 함께 기술했다.)

저자 씀

[2부] 막간의 파리, 루브르와 오르셰에서

프랑스 도시와 마을

이번 프랑스 소도시 여행은 20박 21일의 자동차여행이다. 긴 여정이다. 내가 이전에 여행했던 곳은 남부 프랑스의 코트다쥐르와 프로방스 지방, 동부 프랑스의 알자스 지방이었다. 이번 여행에서는 이들 지역을 제외하고 프랑스 전역을 탐방하는 일정이다. 프랑스의 아름다운 자연과 도시를 만나고, 역사와 문물을 보게 될 것이다. 종교적 관점에서는 일종의 순례 여행이다.

저녈 20

파리의 휴식,
자동차여행의 준비
(7월 16일)

스위스 여행을 마치고 다시 파리로 돌아왔다. 지난밤에 도착한 리옹역은 파리의 복잡함을 일깨워줬다. 벅적대는 사람들의 움직임과 혼잡스런 교통의 소음이 대자연의 스위스와 너무나 비교되어 잠시 혼란스러웠다. 그래도 우리 호텔이 리옹역에 붙어있어서 여행끝의 피로를 안고서도 어렵지 않게 숙박지에 안착할 수 있었다. 호텔이 리옹역에 붙어있다는 걸 알리기 위해 아예 호텔 이름에 '리옹역 떼제베(TGV)'를 붙였다. 이 호텔은 위치와 조식당이 경쟁력이다. 직원들은 모두 친절하다. 대부분 호텔이 그러하니 차별화되기는 어렵지만 필수조건이다. 리셉션에서도 그랬고 조식당에서도 직원이 와서 구글 평가를 잘해달라고 부탁하면서 QR코드를 준다. 적극적이다.

오늘은 원래 주일미사를 위해 파리한인성당에 가고자 했으나, 이런저런 일로 포기했다. 휴식이 필요하기도 하다. 침대에 몸을 더 맡겼다. 오전에 여행 파일을 정리했다. 스위스 여행에 썼던 자료들을 따로 보관해두었다. 늦은 시간에 호텔을 나섰다.

파리 리옹역에 경찰군인 가드들이 총을 들고 왔다 갔다 한다. 처음에는 무슨 일이 있나 했다. 요즘 시위가 많다니 말이다. 이 역에 유동인구가 많고 자잘한 사고가 자주 일어나서 상시로 순찰하는 가드가 아닐까 싶다. 리옹역의 전반적인 분위기는 다소 불안정하다. 범죄의 가능성이 느껴지는 복잡하고 혼란스러운 분위기가 있다. 아내와 특별히 더 조심하자고 얘기를 나눴다. 겁이 많은 아내는 나의 이런 의견을 반긴다. 조심하자는 데는 두말할 필요없이 찬성이다.

여행 비품을 사기 위해 시내에 나가야 한다. 나비고(Navigo)에 1일권을 충전했다. 존(구역범위) 별로 가격 차이가 크다. 1-2존 티켓을 8.75유로를 주고 샀다. 오늘 최소 4번은 타야 본전을 찾는다. 12시에 M1을 타고 산책과 쇼핑으로 유명한 마레지구로 갔다. 여기서 신발과 옷가지를 살 것이다. 먼저 점심부터 먹기로 했다. 한식당에 가고 싶지만 멀다. 베트남식당을 찾았다. 평점을 보고 [Pho14] 식당으로 갔다. 퐁피두센터 바로 옆에 있다. 일요일 오후라서 여유롭다. 기다리지 않고 곧바로 자리를 잡을 수 있었다. 매니저로 보이는 40대 초반의 친구가 직원들에게 엄하게 대한다. 대표메뉴 쌀국수를 12.4유로씩 주고 시켰다. 이 지역에서 보기 드물게 낮은 가격이다. 그 대신 회전율이 높으니 괜찮겠다. 며칠 전에 갔던 베트남식당보다 싼 편이다. 이 집 주인이 언제 어떻게 파리에서 정착했을까 궁금하다. 이 집의 음식이 맛있다. 50유로 지폐를 주고 호텔 메이드 팁용으로 동전을 확보했다.

식사 후 스케처스 매장을 찾았다. 나는 트레킹용 신발을 샀고, 아내는 지금 신고 있는 오래된 신발을 교체하고자 비슷한 제품으로 샀다. 한국보다 싸다. 옷가지를 사려고 근처에 있는 사마리탄 백화점으로 갔다. 파리의 4대 백화점이라고 한다. 우리는 중저가 제품을 살 거지만, 내부 구경을 먼저 하기로 했다. 실내장식과 디스플레이가 화려하다. 명성이 있을 만하다. 쭉 돌아보다가 문밖으로 나와보니 루이뷔통 파리본부 앞이다. 센강이 바로 앞에 있다. 퐁뇌프를 다시 만났다. 반가웠다. 다리에 올라 난간에 기대어 센강을 내려다보았다. 시원한 강바람이 얼굴을 때린다. 기분 좋다. 일요일 오후의 한산함이 설렘으로 대체되는 곳이다. 몇몇 젊은이들이 사랑의 몸짓을 보여주고 있다. 즐거움이 넘치는 관광객들이 여기 퐁뇌프에 있다. 파리가 여기에 있다.

사마리텐 백화점으로 다시 들어와 자라(Zara) 매장으로 갔다. 가격이 싸고 스타일이 좋아서 이 브랜드를 좋아한다. 아내는 짧은 팔과 긴 팔의 티셔츠를 3개 샀고, 나는 흰색의 데님바지를 샀다. 다 합쳐도 90유로가 채 안된다. 내친김에 시내 거리를 더 산책했다. 오늘 많이 걷고 있지만, 피곤하진 않다. 파리의 느낌을 안고 내일 떠날 것이기에 이곳저곳 특별한 목적 없이 걸어 다녔다. 오후 4시 넘어서 호텔로 돌아왔다.

짐을 다시 싸야 한다. 자동차여행 중 여러 도시에서 호텔 인근 주차가 어렵게 되어있어서 일부 짐을 차량 뒷좌석이나 트렁크에 놔두어야 한다. 그러니 전체 짐을 재분류하는 작업을 시작했다. 와중에 한국으로 전화를 했다. 수해가 심하다고 하니, 고향에 계신 큰형님께 안부를 여쭤보고 현지 상황을 물어봤다. 이제 안정되었다고 한다. 아내도 친정어머니께 안부 전화를 했다. 가족이 있어서 한국과의 연결 끈이 더 구체적이다.

　짐을 싸다가 저녁 먹으러 시내로 다시 나갔다. 아무래도 한식을 먹어야겠다. 앞으로 21일 동안 한식을 못 먹을 텐데, 이대로 떠날 순 없다. 늦은 시간이라서 서둘러 호텔을 나섰다. M1과 M7 지하철을 타고, 생트 안느 거리로 갔다. 9시에 문 닫는 한국식품점 에이스마트에서 쇼핑부터 했다. 자동차여행 중 먹을거리를 몇 가지 소량으로 샀다. 이 동네 3대 한국식당이라는 데를 돌아보고, 가장 부담 없이 먹을만한 곳으로 한식당 [항아리]에 갔다. 오래된 집이다. 주인아주머니가 점잖으시다. 나는 육개장, 아내는 순두부를 선택했다. 서로 음식을 쉐어 하면서, 맛있게 먹었다. 속이 후련하다. 잘 왔다. 결과적으로 오늘 하루 동안 시내 관광을 잘했다. 많이 걸었지만 별로 피곤하지 않다. 밤늦게까지 짐을 재분류하고 열심히 쌌다.

　내일부터의 새로운 여정이 기대되고 두렵기도 하다. 프랑스 시위가 우리에게 불똥 튈지 모른다는 걱정이 크다. 난민이 많아진 거도 걱정이다. 바로셀로나-발렌시아 간 고속도로 휴게소에서 도난당한 사건이 또 떠오른다. 조심, 또 조심해야 한다. 부주의로 교통위반 딱지를 먹는 것도 걱정이다. 그렇지만 더 큰 걱정거리는 자동차 사고이다. 우리가 운전경력이 꽤 되지만 이제 나이가 들어서 주의력이 떨어졌다. 더 조심해야 하는 이유다. 21일간의 긴 일정도 걱정이 된다.

　그럼에도 우리는 이제 '부부 합동 작전'으로 프랑스를 정복할 예정이다. 우리가 자동차여행을 잘하는 이유는, 우리의 경쟁력이 있기 때문이다. 아내가 운전을 잘해서 서로 교대 운전을 하니 체력 안배가 가능하다. 서로 옆에서 보조 역할도 잘한다. 그리고 아내가 내비게이션 활용과 구글 검색에도 능하다. 사실은 내 아내가 자동차여행의 주역이다. 나는 조역? 아니 나도 주역이라 할 수 있다. 우리 둘 다 자동차여행을 즐기는, 즐길 줄 아는 여행자이다.

내일의 출발이 순조롭기를 기대한다. 모험이 시작되었다.

오늘의 걷기: 13,747 걸음

 저널 21

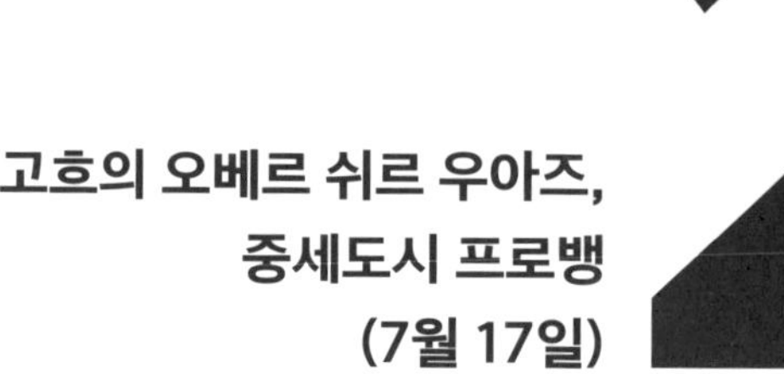 고흐의 오베르 쉬르 우아즈, 중세도시 프로뱅 (7월 17일)

밤새 기침을 했다. 잠을 설쳤다. 운전에 지장이 없어야 하는데 걱정되었다. 다행히 아침에 몸 상태가 좋아졌다. 열도 없고 피곤하지 않고 정상이다. 다행이다.

렌터카 픽업과 출발

아침 아홉시에 렌터카를 픽업하기로 되어있다. 호텔 밖 리옹역사 내 브라세리에서 간단히 아침을 먹었다. 식사 후 차량 픽업 장소를 찾는데 애먹었다. 렌터카 예약안내표의 설명이 약간 모호하게 되어있다. 리옹역이 우리가 지난 이틀간 본 것보다 훨씬 크고 구조도 복잡했다. Hall 2와 Hall 3을 직접 와보지 않았기 때문이다. 무려 50분 정도를 헤맨 후에 Hall 3 건너편 건물 지하 6층에 있는 렌터카 회사 Sixt를 찾을 수 있었다. 와, 지하 6층이다. 만약 체크아웃을 먼저 하고 그 많은 짐을 들고서 렌터카 회사를 찾아다녔으면 곤경에 빠졌을 것이다. 우리 호텔 앞에 주차가 어렵게 되어있으니, 미리 렌트카를 찾아서 여기 주차장에 맡겨놓고 다녀오는 게 좋겠다. 다행히 지금 호텔 체크아웃 마감 시간까지 여유가 있다.

앞에 손님이 한팀밖에 없었는데 이들이 20분가량 시간을 썼다. 한국에서는 있을 수 없는 일인데, 다른 나라에서는 종종 발생한다. 문제는 이들이 즐기듯 시간을 써먹고 있다는 것이다. 뒷사람에게는 신경 쓰지 않는다. 내 뒤 순서의 미국인들도 무심한 듯이 자기들끼리 계속 떠들고 있다. 일행 중 10대 소녀만 무료하고 지쳐있다. 인내심을 갖고 기다렸다. 우리 한국인이 가장 부족한 게 인내심이다. 줄 서서 무한정 잘 기다리는 서양사람을 보면 아직도 신기하다.

80년대 후반에 처음 미국에 갔을 때 관공서 또는 일반기관에서 사람들이 줄 서서 한 시간씩 자기들끼리 얘기 나누며 짜증 내색 없이 기다리는 것을 보고 놀랐다. 한국 같으면 10분 기다리면 될 일이 너무 오래 걸렸다. 그리고 사람들도 기다리는 게 당연하다는 듯이 짜증 내거나 지친 표정을 짓지 않았다. 세계 최고 선진국인데 말이다. 그래서 나도 줄 서서 기다릴 때마다 많은 생각을 하게 됐다. 이게 대국(大國)인가? 우리나라가 반도에 갇혀서 우리끼리 폐쇄된 공간에서 조급하게 서로 따지고 대들고 하는 건가. 원래 우리 민족이 조급한 걸까? 아니면 미국인들이 일 처리가 늦기 때문에 별수 없이 오래 기다려야 한다는 것을 알기 때문일까? 이에 대한 답은 아직도 모르겠다. 어쨌거나 그런 차이가 있다는 게 놀라웠다. 세상을 보는 눈이 우리 한국식 기준

밖에 없던 내게 '다름'에 눈뜨게 해주었다.

이런 다름에는 단순히 환경, 역사, 민족특성 등으로 얘기하기 어려운 복합적 원인이 있다. 어쨌든 그 차이가 확연해서, 내가 변해야 한다고 느꼈다. 그리고 이후엔 줄을 서서 기다릴 때 조급한 마음을 고치려 애썼다. 그러니 인생이 좀 편해졌다.

내게 대국적 기질이 없더라도 배우면 된다. 그렇게 생각하고 미국 생활을 해나갔다. 기다림과 인내, 살아가면서 꼭 체득해야 할 덕목이다. 박사과정 자체가 황급히 끝마치는 게 중요한 것이 아니고, 기다리며 시간과 노력을 더 투자하고 인내하며 미래의 학자로서 더 많은 것을 체득하려 애쓰는 인생훈련이다. 그게 내가 미국에서 지도교수와 여러 교수에게서 배운 것이다. 지금껏 내게 중요한 기준이 되었다. 그렇지만 이 기다림의 노력은 아직도 진행 중이라고 보는 게 더 정확하겠다. 여전히 힘이 들긴 하다.

드디어 차를 빌렸다. 차가 멋지다. 푸조 2008SUV 모델인데 새 차다. 모델명이 숫자인 게 특이하다. 잘 생겼다. "잘 부탁해" 하며 차량 앞을 툭툭 쳐줬다. 이제 호텔로 돌아가서 짐을 갖고 나오면 된다. 서둘러야겠다. 벌써 10시10분이다. 호텔까지 10분 정도의 거리다. 돌아가서 샤워하고 짐 싸고 나오려면 빠듯하다. 그래도 날아갈 것 같은 마음이다. 이제 파리를 잘 빠져나가면 된다.

체크아웃 후 성공적으로 짐을 끌고 렌터카 회사 주차장까지 왔다. 짐 옮길 때 허리를 다치지 않도록 조심했다. 드디어 차에 모든 짐을 싣고 출정을 나섰다. 벌써 12시다. 파리 시내를 벗어나는데 예상외로 상당한 어려움을 겪었다. 길을 자꾸 놓쳤다. 20분 정도 낭비되었다. 첫날 겪어본 파리의 운전자는 잽싸고 위험하다. 절대 양보하지 않는다. 파리의 도로는 혼란스럽다. U턴을 하는 데서도 급한 유턴과 완만한 유턴 같은 게 뒤섞여있다. 당연히 헷갈린다. 오래된 도시라서 중심지 외의 작은 도로들이 잘 정비되어 있지 않다. 파리에서 항상 느끼는 거지만 차도와 인도를 구분해주는 경계선이 눈에 잘 띄지 않는다. 그래서 초행자가 운전 시에 위험이 더하다. 시행착오 끝에 파리를 벗어났다. 이제 고속도로를 달리면 된다.

고흐의 도시, 오베르 쉬르 우아즈(Auvers-sur-Oise)

고흐의 도시, 오베르 쉬르 우아즈에 도착했다. 첫 주행에 성공했다. 시내를 벗어나 고속도로를 탄 순서는 다음과 같다. A3, A86, A15, A115 순이다. 도로의 숫자가 한 단위, 두 단위, 세 단위로 되어있다. 기간도

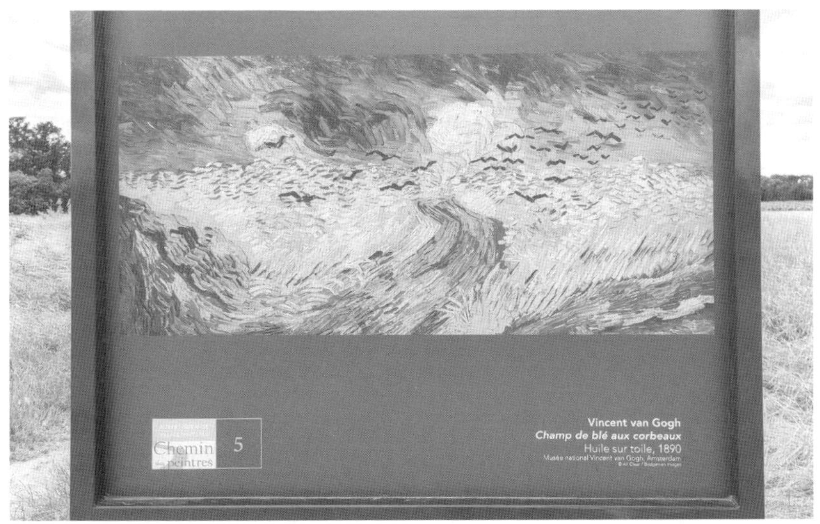

[그림 21-1] <고흐의 까마귀가 나는 밀밭>

[그림 21-2] <고흐의 까마귀가 나는 밀밭의 배경> 고흐의 마지막 작품인지는 논란이 있다.

로와 하위도로가 단계적으로 구분되어있는 거 같다. 여하튼 도로 표지를 빨리 파악해야겠다.

오베르 쉬르 우아즈에서 어디로 갈까 고민하다가, 먼저 고흐 묘지를 찾아갔다. 묘지에 가는 길에 '고흐의 밀밭'을 만났다. 마지막 작품으로 여겨지기도 한다는 까마귀가 나는 밀밭(Champ de blé aux corbeaux, 1890)을 고흐는 이 밀밭을 배경으로 그렸다. 열정적이기보다는 서늘한 느낌을 주는 그림이다. 그래선지 시원한 정경이지만 다소 황량하기도 하다. 수확기가 지난 밀밭이어서 더 그렇다.

바로 옆 근처에 공원묘지를 발견하고 안에 들어가서 고흐의 묘지를 찾았다. 평생의 지기이자 혈육인 동생 테오와 함께 나란히 누워있다. 잠시 추념의 시간을 가졌다. 육체적으로, 정신적으로 고된 삶을 살았다. 그의 광적인 열정과 끝없는 결벽이 위대한 작품을 만들었다. 자연과 교감하고 신에게 귀 기울이고 우정에 목말라했던 고흐의 몸짓이 지금 내 머릿속을 헤집는다. 가슴이 먹먹하다. 사랑하는 동생 테오와 함께 잠 들어 있어서 다행이다. 그의 안

[그림 21-3] <고흐와 동생 테오의 묘지> 장미꽃 아래가 빈센트 반 고흐의 묘다.

식을 위해 기도했다. 묘지를 나와서 다시 밀밭으로 들어가서 걸었다. 진한 감동이 설렘으로 찾아왔다.

시내 쪽으로 돌아가다가 다시 차를 공원묘지 길가에 세웠다. 아내에게 아쉬워서 고흐를 한 번만 더 만나고 오겠다고 했다. 아내는 차 안에 머물렀다. 다시 찾은 빈센트 반 고흐는 그대로 있다. 묘비석으로 다가가서 존경의 마음을 표했다. 그의 삶에 마음으로 깊이 공감한다는 것도 말해주었다. 공원을 나오면서 "당신은 최고의 미술가라고. 내겐 언제나 그러하다고" 혼잣말로 했다.

시내로 다시 들어왔다. 기차역 옆 도로의 길가 끝자리에 주차할 수 있었다. 늦은 점심을 위해 역사가 바로 내다보이는 레스토랑에 들어갔다. 창가에 앉았다. 모든 창문이 열려 있어서 맑고 시원한 바람이 불어 들어온다. 주변 공기가 모두 맑다. 얼굴을 감싸주듯 스치는 바람결이 부드럽고 청량하다. 어렸을 적엔 시원한 바람을 일상으로 맞으며 살았다. 시골마당 평상에서 맞은 바람, 마을 앞 논밭의 평야지에서 맞은 들판의 바람, 매일 뛰놀던 뒷동산의 산바람 등 오랜 기억이 되새겨

살아났다. 기분이 산뜻하다. 입맛에 맞는 시저샐러드와 오므라이스로
든든하게 먹고 다시 나섰다.

식사 후 산책 겸 걸어서 성모승천(Notre-Dame-de-l'Assomption) 대성당으
로 갔다. 고흐의 멋진 그림이 입구에 걸려있다. 대성당은 그림 속 모
습과 똑같다. 멋지고 우아한 성당이다. 밖에서 사진을 찍고 안으로 들
어갔다. 성당 입구 옆쪽에 작은 건물이 있다. 아하, 그림에서는 이 작
은 건물을 성당과 겹쳐 놓았다. 살짝 변형시킨 것이다. 성당 내부는 소
도시에 맞게 단아하고 편안한 분위기다. 봉헌초 3유로를 내고, 아내가
대표로 봉헌했다.

성당을 내려와서 우리가 주차한 큰길의 뒤쪽에 나있는 윗길로 걸었
다. 주변의 집들, 꽃들이 모두 고흐의 그림 속에 있는 듯하다. 한참을
걷다가 아래쪽으로 난 샛길이 있어서 내려오니 투어리즘오피스와 고

[그림 21-4] <화구를 맨 고흐>

[그림 21-5] <화구를 맨 고흐>

흐파크가 나온다. 투어리즘오피스가 문을 닫아서 기념품은 포기했다. 조그만 파크 중앙에 고흐의 동상이 있다. 러시아 조각가 Zadkine 작품이다. 화구를 맨 고흐 모습이다. 아픔을 짊어진 고흐와 똑같다. 고흐의 삶과 예술세계를 다룬 영화 [영원의 문에서(At Eternity's Gate)]가 생각난다. 고흐 역의 윌렘 데포(Willem Dafoe)가 화구를 매고 정처없이 태양의 빛을 찾아다니며 프로방스 아를과 이곳 오베르쉬르우아즈의 들판을 돌아다니는 모습이 눈앞에 선연히 떠오른다. 무한의 아픔을 짊어진 고흐의 삶이 이 화구 안에 있다.

기념사진을 찍고 떠나려다가 손가락 끝이 반질반질한 걸 봤다. 아하, 사람들이 여길 만지면 그림을 잘 그리게 되는가 보다. 아내에게 만지고 있으라고, 사진 찍어주겠다고 했다. 머뭇거리는 걸 부추겼다. 아내는 그림을 잘 그린다. 이 기회에 의욕적으로 더 그리면 좋겠다. 교대로 나도 잡았다. 내 둘째 아들 화가가 성공하기를 기원했다.

이렇게 내가 제일 좋아하고 존경하는 빈센트 반 고흐를 위한 나만의 순례가 끝났다. 암스텔담, 아를, 파리, 그리고 이 도시에 이르기까지 그의 흔적을 쫓았다. 고흐가 찾아다닌 세계가 어떤 것인지 말로 설명하기 어려우나 나는 느낀다. 심연을 뛰어넘어 승화된 그의 예술세계가 내게 한없는 울림을 준다.

일 드 프랑스의 평야
프로뱅까지 두 시간을 달려야 한다. 20분쯤 달리다가 졸음이 밀려오기 시작했다. 아내와 운전을 교대했다. 이제 내가 충실히 보조해야 할 때이다. 달리다 보니 A고속도로 대신에 N도로가 나온다. 우선은 달리지만 나중에 알아봐야겠다. N184/104, A104, A4, D231 순으로 달렸다.

끝없이 이어지는 평야에 감탄하면서 달렸다. 추수를 끝낸 광활한 밀밭이 짙은 노란색으로 여유와 평안을 주며 펼쳐져 있다. 군데군데 보이는 초록색의 해바라기밭도 끝없다. 가까이 지나가 보면 초록색 줄기와 잎 속에서 해바라기꽃이 옅고 밝은 노란색 향연을 보여주고 있다. 밀밭과 해바라기밭의 조화가 프랑스 북부의 농업과 자연의 관계를 아름답게 장식해주고 있다. 군데군데 사일로(silo)도 보인다.

미국의 평원을 달리는 것 같기도 하다. 다른 게 있다면 이곳에서는 밀밭이 꼼꼼하게 경작되고 있다. 빈 공터가 거의 없이 밭들이 연결되듯이 펼쳐져 있다. 미국은 느슨하다. 밭이 규모가 더 크고 밭들 간에 빈터가 많이 남아있다. 워낙 넓은 나라이기 때문이다. 그리고 프랑스에서는 구릉이 자주 등장하지만 미국은 말 그대로 온 사방이 평평(flat)하다. 아름다움에선 프랑스 평원이 앞서는 듯하다. 아니 서로 다르지만, 담고 있는 자연의 미는 둘 다 감탄을 불러 일으킨다.

[그림 21-6] 일 드 프랑스의 평야

전혀 예상치 못했던 광활한 자연을 맞이하며 계속 달리다 보니 잠 손님이 찾아오려고 한다. 아내도 살짝 졸린 모양이다. 긴급히 내가 말수를 늘렸다. 웃긴 얘기도 좀 하고. 아내의 잠을 더 깨우기 위해 내 옛날얘기를 꺼내서 해줬다. 그녀의 흥미를 끌 만한 거로 골라서 얘기하니 좀 효과가 있다. 그리고 손뼉도 치고 등등 여러 노력을 하며 계속 달렸다. 운전을 교대하면 내가 더 빨리 졸게 될 거 같아서, 아내가 계속 운전하기로 했다.

중세도시 프로뱅(Provins)

어느 순간부터 프로뱅(Provins) 간판이 자주 보이기 시작한다. 이제부터 구글보다 교통 표지 간판에 더 의존하기로 하고, 간판을 찾아가면서 운전 방향을 잡았다. 곧 프로뱅이 우리를 맞이한다. 대성당의 옛스러운 돔이 멀리서 보인다. 중세도시의 느낌이 그대로 전해져 온다.

호텔이 맘에 든다. 구시가지 입구 위치에 있는 아주 예쁜 호텔이다. 우리 방은 지상에 있는 0층 룸이다. 평지에 있는 방인데 중정 안쪽을 보도록 설계되어 있다. 체크인 하고 곧바로 이 중세도시 탐방을 시작했다. 진짜 그 시절에 와있는 거 같다. 다른 도시보다 더 자연스러운 중세도시의 모습이다. 역사 속 시간이 주름져서 휙 우리에게 다가왔다. 구시가지의 중심거리인 생 띠보가(Rue Saint-Thibaut)를 15분 정도 걸으며 길가 좌우 건물을 구경하다가 발길을 돌렸다. 오늘은 여기까지만 걷고, 나머지 관광은 내일로 미뤄두기로 했다.

긴 하루가 끝났다. 씻고 간단한 저녁을 준비할 시간이다. 바로 앞 정원에서 먹을 수 있어서 김치 냄새를 실내에서 퍼트리지 않을 수 있는

[그림 21-7] <중세도시 프로뱅의 생 띠보 거리>

상황이다. 절호의 찬스다. 컵라면과 햇반에 뜨거운 물을 부었다. 전자레인지가 없어서 햇반도 뜨거운 물을 부어서 쌀이 불기를 기다려서 먹는 방법뿐이다. 다행히 방에 있는 물컵이 커서, 두 개로 나누어 밥과 물을 채울 수 있었다. 우려했지만 밥이 익은 바와 다름없게 잘 되었다. 그렇게 생각하면 되는 거다.

음식을 문밖 정원으로 가지고 나왔다. 에이스마트에서 사서 가지고 온 종가집김치를 뜯었다. 야외식사가 완성되었다. 여유로운 마음이 이는 순간이다.

빈 배에 밥을 먹고 나니, 눈이 절로 잠긴다. 더 애기를 못 나누고 방에 들어와서 곧바로 잠에 빠져들었다.

오늘의 걷기: 11,818 걸음

저널 22

프로뱅에서 부르고뉴의 오세르와 베즐레로 (7월 18일)

8시 반에 조식당에 갔더니 조용하다. 음식이 정갈하게 마련되어 있어 기분이 좋았다. 아침먹고, 쉬고, 짐을 싸고, 그리고 11시 10분 전에 퇴실했다. 오전에 느리게 움직이는 이유는 체력 조절을 위한 것이다.

프로뱅 관광

차를 맡겨놓고 구시가지 메인거리인 생띠보가로 걸어갔다. 이 도시의 중심도로다. 생띠보거리 양쪽으로 중세건물들이 쭉 늘어서 있다. 생띠보가를 걷다 보니 중세의 아름다움과 함께 중세 사람들의 고된 삶이 느껴졌다. 옛날에는 이 집들은 누추하고 거리는 지저분했을 것이다.

어제 보았던 지하병원이 있는 건물의 지하에 들어갔는데 티켓을 개인으로 팔지 않고 가이드투어를 시간대별로 신청해야 한다고 해서 도로 나왔다. 2시에나 가능하다고 한다. 샹파뉴의 두 백작부인이 소유하게 되어 빈자와 순례자를 위한 병원시설 및 숙박시설로 사용했다고 한다. 옛날 병원을 볼 기회였는데 아쉽다.

곧 대성당이 나왔다. 생 키리야스 대성당이다. 크진 않지만 12세기 중세의 미를 잘 보여주는 성당이다. 프로뱅에 들어올 때 봤던 독특한 돔 지붕도 볼 만하다. 쟌다르크와 사를7세가 함께 승전미사를 본 지 500주년이 되었다는 문구가 성당 입구 벽에 붙어있다. 성당 내부는 단아하고 널찍하다. 넓은 아치가 편하게 해준다. 스테인드글라스는 화려하지 않으나 문양이 안정적이다. 다른 여행객이 사진을 찍어준다고 해서 성당 전체가 보이게 자세를 잡았다. 부부 사진이 성전을 배경으로 잘 나왔다. 기분이 좋았다. 여행을 다니다 보면 둘이 함께 찍은 사진을 얻기가 쉽지 않다. 누군가의 도움을 받아야 하는데, 다른 이의 여행을 방해하고 싶지 않아서 부탁하는 것이 꺼려지기 때문이다.

성당을 나와서 거리를 걸었다. 길가의 건물들이 장미로 장식된 데가 많다. 꽃을 좋아하는 아내가 사진을 찍곤 한다. 프로뱅은 장미의 도시다. 역사적으로 장미로 인해 경제적 거점의 지위를 얻기도 했다고 한다. 이곳의 집들이 장미로 장식된 이유가 있다.

구시가지로 계속 가니 세자르의 타워(Tour Cesar)가 나온다. 구도시 전체를 볼 수 있다기에 일인당 8.6유로를 내고 올라가 보았다. 내려다보이는 중세마을이 아름답다. 종탑이 있는 꼭대기까지 올라가니 사방의 경치가 파노라마처럼 펼쳐진다. 중세에 들어와 있다는 생각이 든다.

 　권석균의 여행읽기, 프랑스 도시와 마을

중세의 도시라는 프로뱅의 명성이 허상이 아니다. 복잡한 현대의 파리를 벗어나 한적한 과거의 도시로 나온 게 실감이 난다.

샤텔광장(Place du Chatel)에서 젤라토를 먹으면서 쉬었다. 광장에 사람이 꽤 있다. 점심식사를 위해 광장에 펼쳐놓은 식당 식탁에 사람들이 앉아서 떠들고 있다. 즐거워 보인다. 휴식 후 내친김에 성곽까지 더 걸었다. 옛 도시의 모습이 계속된다. 지붕이 특히 인상적이다. 로텐부르크, 고슬라, 독일의 도시들, 뤽상부르, 베른의 지붕과 또 다르다. 짙은 색깔이어서 화려하지 않고 소박한 듯 안정적인 느낌을 준다. 뭐랄까, 프로뱅 고유의 색이 있다. 걷기로 7~8분 만에 끝에 다다랐다. 올라가 보니 성곽 밖은 또 평야다. 아니 평야 속에 도시가 있는 거다.

서둘러 호텔로 돌아왔다. 벌써 1시20분이다. 호텔 앞에 우리의 자동차, 푸조2008은 잘 있다. 반갑다. 이제 지방도로 D노선을 타고 가다가

[그림 22-1] <투르 세자르에서 내려다 본 프로뱅> 짙은 회색 돔의 생 키리야스 성당이 우뚝 서있다.

A5, A19, A6 순서로 고속도로를 달려야 한다. 프로뱅을 벗어나자 곧 일드프랑스(Île-de-France)의 평원이 끝나고 부르고뉴(Bourgogne)가 나타났다. 부르고뉴 평원이 한참 동안 계속되었다. 프랑스가 농업 강국임이 명확하다.

오세르(Auxerre)

오세르에 3시쯤 도착했다. 곧바로 구시가지에 들어섰다. 주차방식을 터득하는 데 10여분이 소요됐다. 미리 공부해오지 못했다. 길가 주차 시에 차량번호를 입력하는 것이 흥미로웠다. 6~7분의 시행착오 끝에 5시23분까지 2시간 주차를 확보했다.

바로 앞에 보이는 생 제르맹 수도원(Abbaye St-Germain)으로 향했다. 베네딕트파 수도원이란다. 수도사들의 모임 장소인 회랑과 공회당을 둘러보았다. 회랑으로 둘러싸인 중정이 오후 햇빛을 받아 밝고 편안하게 보인다. 수도원에는 항상 회랑과 중정이 있다. 수도사들의 삶의 공간이 필요하기 때문이다. 한쪽 편에는 미사를 위한 교회가 붙어있다. 설치공연 아트가 전시 중이어서 볼거리가 더해졌다.

회랑 2층에 갈로-로만(Gallo-Roman) 유적전시관이 있어서 들어갔다. 여기에는 갈로-로만 시대의 후기인 AD192년부터 476년까지의 유적이다. 전기는 BC25년부터라고 쓰여있다. 예상외로 즐거운 감상을 했다. 로마시대에 갈리아 지방에도 역사가 있었다는 것을 새삼 깨달았다. 생각해보면 당연한 건데 미처 생각지 못했다. 율리우스 시저(Caesar)가 황제가 되기 전에 집정관 시절을 보내고 갈리아 지방을 정복하였다. 그리고 로마 쪽으로 귀환(진군?)하면서 급기야 무장한 채로 루비콘강을 건너서 로마를 장악했다. 그때가 BC49년이니 이후 상당히 문명화되는 시기를 거쳤을 것이다. 로마화 되어가는 과정이었으리라. 여기에 꽤 많은 유적이 전시되어 있다. 지하 크립트에는 옛 무덤과 유적 등이 있었다. 지하 어딘가에 중요한 프레스코화가 있다는데 우리는 놓쳤다. 생 제르맹 수도원은 규모가 꽤 컸다.

생 에티엔 대성당으로 갔다. 7~8분 정도의 거리인데, 생제르맹수도원에서 잘 보이는 곳에 있다. 와! 규모가 크고 아름답다. 이 도시에 이런 바실리카가 있다니, 놀라웠다. 스테인드글라스, 천정의 아치와 긴 기둥이 장관을 연출하고 있다. 사진, 동영상 등을 찍고 지하 크립트에 들어가기 위해 티켓을 끊었다. 이 성당에 보관 중인 트레져(treasures)를 포함해 일인당 4유로, 총 8유로를 지불했다. 트레저와 크립트(cryptes) 동시 관람 티켓이다. 봉헌초 동전이 필요해서 10유로짜리 현금을 내밀었다. 그러나 동전이 없다고 해서 카드결제를 했다. 미안해한다. 착한 응대에 오히려 우리가 고맙다.

지하의 프레스코화를 보러 내려갔다. 지하여서 시원하다. 구경 중이던 한 여행객이 빠져나가서 아무도 없다. 잘 굴곡된 아치형의 지하가 안정감을 더해준다. 프레스코화가 멋지다. 말을 탄 예수님이 끝 안쪽에 그려져 있다. 특이하고 멋진 프레스코화를 보고 또 보았다. 지하 아치가 잘 어울려서 우리 사진을 교대로 찍어주고 즐기다가, 한켠에 앉아 쉬면서 마음을 가라앉혔다. 조용하고 편안하다.

배가 고프다. 대성당을 나와서 까르푸익스프레스를 찾아서 우유와 샌드위치를 샀다. 일단 오세르를 빠져나왔다. 오세르는 꽤 규모가 큰

[그림 22-2] <대성당 지하의 프레스코화>

도시여서 복잡하다. 시내를 빠져나와 20분쯤 달리다가 안전해 보이는 갓길에 주차했다. 차 안에서 늦은 점심을 먹었다. 오후 다섯시 반이다.

대충 먹고서 차 밖으로 나왔다. 사방이 시원하게 탁 트였다. 자동차들이 왕복 2차선을 90킬로 속도로 쌩쌩 달리는데, 곧바로 자연에 묻혀 사라지곤 한다. 광활한 밀밭과 해바라기밭이 휙휙 지나간다. 지평선이 보인다. 환상적이다. 이게 자동차여행에서 얻는 즐거움이다. D606, D951 도로에 들어섰다. 이쁜 숲길도 나타났다. 밀밭과 조화를 이룬다. 계속 달렸다.

순례의 도시, 베즐레(Vézelay)

베즐레에 도착했다. 높은 구릉에 얹혀 있는 베즐레는 멀리서도 보인다. 상당히 높은 지대다. 순례자들이 올라오는데 고생이 심했을 정도다. 호텔로 들어가는 입구가 길 한복판 중간기둥으로 막혔다. 이는 구시가지 한복판에 숙소가 있는 경우에 종종 발생한다. 통제구역이기 때문이다. 다른 쪽 입구로 시내 중앙로를 따라 옛 시가지를 통과하니 다시 막혀있다. 호텔이 근접한 위치에 있어서, 나는 차에 남아있고, 아내가 찾아갔다. 주인장 안내로 가림막 기둥이 땅속으로 들어가고 우리 차가 안으로 진입했다.

드디어 생트 마리 마들렌(마리아 막달레나) 대성당(Basilique Sainte-Marie-Madeleine de Vézelay)에 왔다. 우리가 머무는 호텔은 성당 앞 광장 한편에 있다. 성당에서 가장 가까운 호텔 겸 레스토랑이다. 호텔 방에서 창문 오른쪽으로 마들렌(막달레나) 광장이 있고, 창문으로는 광장 건너 먼 전경까지 보인다. 구릉과 숲, 평야가 펼쳐져 있다. 이곳 지대가 높아서 탁 트인 전경이다.

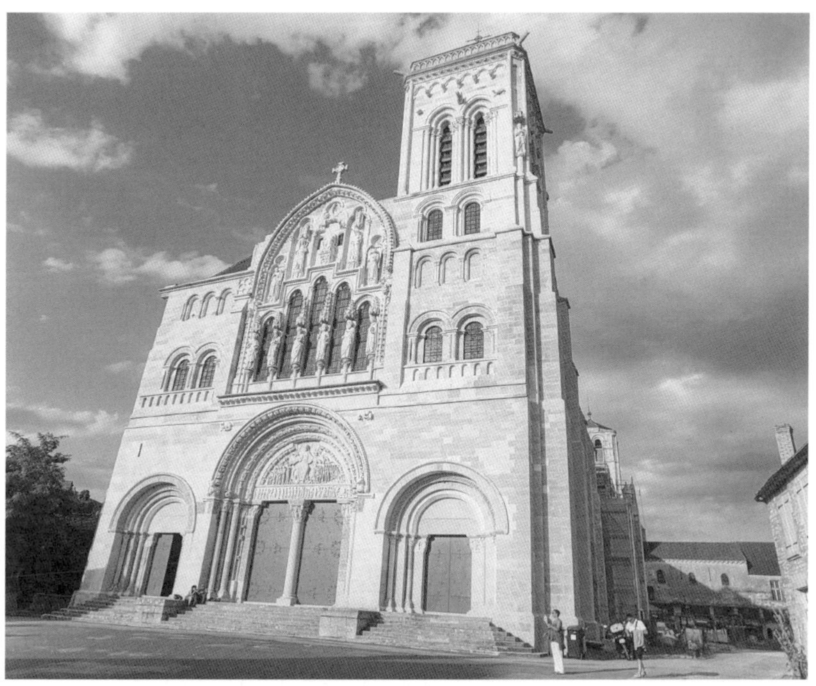

[그림 22-3] <생트 마리 마들렌 대성당> 대표적인 순례자 수도원 성당이다.

베즐레의 생트 마리 마들렌 대성당을 보기 위해서 머나먼 길을 왔다. 아내의 세례명인 마리아 막달레나의 유물이 있는 성당이고 프랑스 순례길이 시작되는 수도원이다. 그래서 일부러 여기에 왔다. 뿌듯하고 들뜬다. 아내는 더더욱 그렇다. 살짝 흥분된 모습을 보인다. 그래서 내 기분도 더 좋다. 석양의 대성당이 유독 아름답다. 로마네스크 양식의 아름다운 성당으로 널리 알려져 있다. 유럽에서는 항상 대성당이 도시의 중심을 이룬다. 종교와 사회가 하나였다는 증거다. 이곳 베즐레의 대성당이야말로 도시 발전의 기반이었다. 순례자가 찾아오기에 더욱 그렇다.

호텔 짐을 정리하고서 늦은 산책을 시작했다. 가게가 모두 문을 닫았다. 마침 문을 연 데가 있어서 들어가 보니 순례자등록센터 겸 쉼터이다. 이름이 마들렌 센터인데 정문 안쪽 입간판 형식의 안내문에 "순례자들이여, 아홉시까지 엽니다"라고 쓰여있다. 옆에 조가비 표식도

[그림 22-4] <한가로운 늦은 오후의 베즐레 거리> 거리의 색깔이 성당과 똑같다.

보인다. 아내가 반가워서 급히 사진을 찍었다. 그 외에는 모두 닫았다. 도시가 경사져 있어서 아래로 10분여를 산책하다가 다시 돌아 올라왔다. 해가 지지 않은 저녁 시간, 도시가 조용해지고 건물이 휴식을 취하려 할 때의 한가로움이 우리를 편안하게 해주었다.

우리 호텔이 레스토랑을 겸하고 있어서 내일 여기서 조식을 먹는다. 그래서 저녁을 자기네에서 할 거냐고 물을 때, 외부에서 하겠다고 했는데 곤란해졌다. 모든 식당이 문을 닫았다. 별수 없이 햇반과 컵라면을 먹기로 했다. 20분 정도 산책을 마치고 '저녁 먹기 작전'에 들어갔다. 여기도 전자레인지가 없다. 다행히 커피포트가 있어서 컵라면 조리는 쉬웠다. 햇반은 여러 그릇에 밥과 물을 나누어야 한다. 어제보다 컵이 작아서 세 군데로 나누었다. 어쨌든 잘 먹었다.

식사 후에 컵라면 냄새가 빠져나가도록 실내등을 끄고 창문 두 개를 모두 활짝 열었다. 고지대이고 건조한 날씨이어서 문제가 없을 것이었다. 환기가 잘 된 것으로 생각되어 문을 닫고 잘 준비를 했다. 그런데 열린 창문으로 엄청난 수의 날벌레가 들어왔다. 이 밤손님을 처치하느라 30분이나 고생했다. 어린 시절 시골에서 자라면서도 벌레가 징그럽고 무서워서 잡지 못했던 내가 아내를 위해 용기를 내야 하는 순간이었다. 내셔널지오그래픽, BBC Earth 등에서 보던 하루살이가 틀림없다. 어쨌든 하루살이들을 다 물리치고 나서야 늦은 잠을 청할 수 있었다. 다음 날 아침에 확인해보니 우리 거실과 화장실에 그들의 흔적이 전혀 없다. 신기하다. 처음부터 없었나? 한바탕 해프닝이었다.

오늘의 걷기: 14,983 걸음

23 저널

순례자의 도시
베즐레에서 부르고뉴의
중심 디종으로 (7월 19일)

아침에 눈을 뜨니 작은 창문으로 막달레나 광장과 멀리 부르고뉴 평원이 보인다. 아침 햇빛이 싱그럽다. 유쾌한 아침이다. 늦게 잠들고 일찍 일어나서 잠시간이 약간 부족하였지만 그래도 잘 잤다. 기분이 좋다.

아침을 먹으러 8시에 내려갔다. 우리 방은 2층(한국식 3층)이다. 꾸불꾸불 원형 기둥을 감싸고 있는 계단을 조심스레 내려갔다. 유럽에서 자그만 집에 흔히 있는 계단 모양이다. 식당에 서로 친구인듯한 독일계 할머니 두 분밖에 없다. 이른 시간인가? 어제 대충 때운 저녁을 보충하려고 든든하게 먹었다. 옆 테이블의 두 할머니도 천천히 많이 드신다. 우리 식사가 끝날쯤에 젊은 중년의 남자가 오더니 10분 만에 식사를 끝내고 휙 나가버린다. 아하, 젊을 땐 나도 저렇게 바쁘게 멋을 부렸다. 지금은 안전과 준비성이 더 중요하다. 오늘 하루를 위해 잘 먹

[그림 23-1] <생트 마리 마들렌 대성당의 백색 아치와 제단>

고, 그리고 옆 할머니들과 비슷하게 일어섰다. 이제 막달레나성당에 다시 가보고 시내 구경도 할 참이다. 오늘의 여정에 행운을 기대해본다. 11시에 체크아웃을 하고, 주차장의 차에 짐을 넣어두고 대성당으로 향했다.

대성당 경내를 천천히 돌아보았다. 다시 보니 엄청나게 큰 성당이다. 오세르 대성당보다 훨씬 크다. 이 정도 규모의 성당에 스테인드글라스가 없는 점이 특이했다. 순례자를 위한 성당이라서 화려함보다는 단순하고 깨끗함을 보여주는 성전이라는 느낌을 받았다. 성당 전면 파사드의 탱팡 조각에는 예수님과 좌우에 성모 마리아와 마들렌성녀가 있다. 성당 내부에도 마들렌성녀의 채플이 별도로 있다. 그 외에도 여러 성인의 채플이 있는데, 아마 순례자들이 선호하는 성인이 다를 수 있기 때문으로 보인다. 지하에 마들렌성녀의 성물을 보관 중인 크립트로 내려갔다. 먼저 기도를 드리고 잠시 쉬다가 올라왔다.

미사 참여

곧 미사가 있을 예정이다. 여행 일정이 지연되겠지만 미사에 참여하였다. 12시15분에 미사가 시작되었고, 사제 세 분이 미사를 집전하고 수녀 여섯 분이 함께하였다. 진지하고 편안한 분위기였다. 오늘 미사 참여는 지난주 주일미사를 빠진 것을 복원하는 의미가 있었다. 미사 중 가족을 위한 기도를 했다. 성가대를 비롯하여 내게 중요한 이들을 위해서도 기도했다. 마지막 성찬 전례 후의 기도에서는 나 자신의 치유와 신앙생활에 대한 청원에 집중하였다. 나만을 위한 기도는 오랜만이다.

아래 내용은 조금 전에 미사를 마치고 점심때 레스토랑에서 우리 성가대에 사진과 함께 보낸 내용이다.

"오늘 베즐레(Vézely)라는 도시의 베즐레 대성당에서 평일미사를 봤습니다. 이 성당은 성 마리 마들렌(마리아 막달레나) 대성당인데요, 브루고뉴 지방을 대표하는 큰 성당입니다. 현재 도시 규모는 작지만, 종교적으로 중요한 역할을 하는 대성당이 중심이 되어 많은 방문객을 불러들이고 있는, 전형적인 중세도시입니다. 특히 순례지로 유명합니다. 프랑스 내 4개의 순례 코스가 있는데 그중 하나의 주요 거점도시입니다. 고지대에 있어서 순례자들이 올라오는데 고행이 되지 않았을까 생각해봅니다.

두 분의 사제, 한 분의 부제 또는 수사께서 미사를 집전하셨고, 여섯 분의 수녀님이 함께하셨습니다. 한 분은 아주 고령으로서 거동에 힘드는 분이셨네요.

미사 분위기는 여느 프랑스 성당처럼 진지하고 편안한 분위기였습니다. 이 큰 성당에 저희 같은 여행자를 포함하여 40명이 채 안되어서 한산하기도 하고 더 깊은 기도를 올릴 수 있기도 했습니다.

지하의 크립트에서 성 마리아 막달레나의 성물을 보러 갔는데, 기도를 올리는 사람들이 있었습니다. 저희도 기도했습니다. 마침 기도문을 사진의 바구니에 올려놓으면 매주 금요일 성찬미사에서 형제, 자매들이 기도해준다고 해서 우리 성가대를 위한 기도문도 작성해서 올렸습니다.

모두 건강하시고요, 저희도 잘 마치고 곧 뵙겠습니다."

미사 전에 아내가 마들렌성녀의 이름이 새겨진 팔찌를 성당 내에서 구입했다. 미사 후에 세례명이 같은 아내의 절친이 생각나서 똑같은 팔찌를 하나 더 사려고 했는데 경내 담당자가 문을 닫았다. 찾아가서 사정을 얘기했더니 다시 문을 열고 똑같은 팔찌를 찾아주었다. 아내가 기뻐하며 고마움을 표했다.

성당을 나와서 이 도시를 빠르게 중앙도로 중심으로 아래 끝까지 다녀오기로 했다. 경사가 있어서 꽤 걷기가 될 것이었지만. 메인거리인 생 피에르가(Rue Saint-Pierre)를 걷고, 다시 올라오다가 중간에서 멈추고 레스토랑에서 점심을 먹었다. 음식이 평범하고 맛있다. 프랑스에서는 어느 레스토랑이건 일정 수준 이상의 맛을 내준다. 풍요로운 자연에서 쌓아가는 역사의 산물이 아닐까 한다.

오늘의 목적지인 디종으로 가는 길에 쉬미르 엉 옥수아(Semur-en-

Auxois)라는 소도시에 잠시 들렸다. 디종에 가는 길목에 있다. 마을의 입구 쪽에서 바라본 쉬미르 엉 옥수아의 경치가 일품이었다. 시내를 잠깐 돌아보고 다시 출발했다.

디종(Dijong)

디종에 6시에 도착했다. 구시가지 내에 있는 호텔 데뛰에 체크인을 했다. 호텔 내 주차장이 협소해서 이미 다 찼단다. 공용주차장이 600미터 정도 떨어져 있다고 해서, 체크인 후 그곳에 차를 갖다가 놓았다. 무겁고 중요한 짐은 호텔 앞에서 내렸다가 급히 안으로 옮겼다. 구시가지 내에서 숙박할 때 겪는 일반적인 어려움이다. 그렇지만 우리는 구시가지 시내에서 숙박하는 것을 더 좋아한다. 도시의 역사를 잘 느낄 수 있다. 수시로 산책할 수 있고, 실제로 산책을 즐긴다. 그런 즐거움이 크다.

[그림 23-2] <디종의 생 미셸 성당>

방에서 쉬다가 여덟시쯤에 나섰다. 아직 해가 지지 않았다. 이 도시를 대표하는 생 미쉘 성당과 노트르담 대성당을 찾았다. 호텔에서 각 5분, 2분 거리이다. 석양의 빛을 받아서 아름다운 자태를 보여주고 있다. 아쉽게도 문 닫은 시간이어서 성당 내부는 내일에나 볼 수 있겠다. 노트르담대성당 옆 벽면 쪽에 조그만 부엉이 부조가 있는데, 만지며 소원을 빌면 이루어진단다. 우리도 그렇게 해보았다.

[그림 23-3] <디종의 노트르담 대성당>

오랜만에 까르푸익스프레스에 들렸다. 저녁거리로 치킨샐러드를 한 개를 샀다. 아내는 다이어트 목적으로 오늘 저녁은 거르겠다고 한다. 물과 콜라, 요구르트도 샀다. 호텔 방으로 돌아와서 간단히 저녁 식사를 마쳤다.

자동차여행을 하게 되니 일정이 바빠져서 저널 쓰기가 쉽지 않다. 그리고 운전을 위해서는 잠을 제대로 자는 게 중요하다. 밤에 또는 새벽에 쓰는 시간을 줄이기 위해 낮에 이동 중 또는 휴식 중에 틈틈이 적는 메모를 늘려야겠다.

오늘의 걷기: 13,446 걸음

디종과 본느, 부르고뉴 와이너리
(7월 20일)

새벽에 깼다. 기침이 잦아들었다. 저널을 쓰고 다시 잤다. 조식당 예약이 7시반이다. 가보니 한 팀밖에 없다. 다들 아직 안 일어났나? 깨끗한 식당이다. 천장과 벽이 모두 통유리로 되어있어서 숙박객들에게 상쾌한 기분을 불러일으킨다. 우리에게도 그렇다. 13유로의 조식이 메뉴도 많고 입맛에 맞아서 든든하게 먹었다. 좋은 하루의 출발이다. 자동차여행은 매일 숙소를 옮기는 노마드라이프(nomad life)를 즐기는 거다. 그러니 잠과 아침식사가 중요하다. 이 호텔의 훌륭한 조식에 도움받았다.

아침에 면도부터 했다. 여행 중 처음이다. 턱수염이 길어져 보기에 텁수룩했다. 자동차여행 중에 자주 면도하기 힘들 거라서 아예 짧게 깎았다. 4밀리로 윗수염과 턱수염 길이를 통일했다. 수년 만에 가장 짧은 상태다. 이게 나인가 싶다.

내가 수염을 기르기 시작한 게 2013년 7월이니 꼭 10년이 되었다. 학교에서 학장을 맡고 한 학기가 지났을 때였다. 학장 역할 수행에 내 나이에 비해 어리게 보이는 게 방해가 된다고 생각되어 수염을 기르기로 했다. 이로써 상대방이 내게 과도하게 편하게 대하는 걸 삼가지 않을까, 내 단호한 의지를 읽어주지 않을까 등등의 생각이었다. 그때 우리 학교는 새로 해야 할 일이 많던 시기였다. 리더가 변화를 이끌기는 참으로 어려운 일이다. 누구나 현재에 익숙해 있기 때문이다. 그 시기에 길고 복잡했던 얘기들이 있지만 생략해야겠다. 어쨌든 방학 중 수염을 기르고서 가을학기 개학 때 변신한 모습으로 나타나서 사람들이 놀랐다. 그리고 어느 정도 효과가 있었다.

우리가 살아가는 데 때로는 나의 (단호한) 의지를 보여야 할 때가 있다. 리더가 되면 더 그렇다. 그럴 때 리더가 먼저 변화를 보여주는 것이 중요하다. 나는 내 몸가짐의 변화를 먼저 시작했다. 수염 외에도 일상의 말투, 설득적 소통, 표정의 진지함 등등 많은 변화를 시도했다. 오늘 면도 후 거울을 보니 그때의 내 마음가짐이 생각난다. 보기에도 산뜻하다. 여행하는 몸을 재단장한 기분이다. 이제 오늘을 출발할 준비가 되었다.

호텔 체크아웃 후 짐을 맡기고, 시내 구경을 먼저 할 생각이다. 되도록 짧게 관광을 마치고, 주차장에 가서 차를 빼 오고, 호텔 앞길에 임시 주차를 하고, 맡긴 짐을 찾아서 싣고, 재빠르게 시내를 빠져나가면 된다. 오전 중에 이동해야 다음 목적지인 본느(Beaune)에 제시간에 도착할 수 있다. 오후에 와인투어가 예약되어 있다.

호텔 직원들이 친절하고 일 처리에 거침이 없다. 군더더기 없는 서비스다. 모든게 시스템화되어 있거나 재량권이 크거나 둘 중 하나다. 어떤 일이든 즉각 결정해준다. 짐을 맡기는 데도 긴 얘기가 필요 없다. 곧바로 창고로 안내한다. 어제 체크인할 때도 임시 주차만 잠깐 되는 호텔 위치로 인해 투숙객이 불편함을 느끼지 않도록 일사천리로 간결하고 깔끔하게 안내를 해주었다. 호쾌한 서비스로 인해 우리도 기분이 좋다. 발걸음이 가볍다.

디종 관광

햇빛이 쨍한 화창한 날이다. 어제 바깥만 봤던 노트르담 성당으로 갔다. 2분 정도 떨어졌다. 성당 안의 분위기는 약간 어둡고 안정된 느낌의 편안함이 있다. 규모가 크진 않다. 스테인드글라스가 다양하고 정교하게 채색되어 있다. 이 성당의 강점이다. 성모의 채플이 특히 유명하다고 한다. 내가 대표로 봉헌하고 기도했다. 이즈음 건강이 좋지 않은 첫째를 위한 기도를 올렸다. 생 미셸 성당에 다시 가서 보는 것은 포기했다.

이제 디종 시내를 탐방할 시간이다. 거리가 꽤 현대적이다. 유럽의 여느 도시보다 더 현대적이다. 비즈니스 지향성을 강화한 도시로 보인다. 우선 아내가 검색한 프낙(fnac)이라는 전자기기 스토어를 찾아갔다. 내 핸드폰의 충전케이블을 잃어버려서 남은 한 개로 아내와 나눠 써야 하니 불편해졌다. 충전케이블을 사러 갔다. 스토어 디스플레이에서 삼성이 애플에 밀리는 듯하게 보였으나, 안쪽으로 들어가 보니 삼성제품이 꽤 많이 보였다. 자부심이 되살아났다. 유럽은 갤럭시가 아직 살아있는 시장이라는 것을 확인했다. 잘 버티기를 기대한다. 가게에서 '잉글리쉬맨 인 뉴욕'으로 유명한 스팅의 익숙한 노래가 흘러 나온다. 프랑스 디종의 가게에서 영국을 대표하는 가수의 노래를 들으니 신선하다. 케이블 섹션에서 보급품으로 골라서 싸게 샀다. 기분이 좋다.

백화점 거리를 지나서 유명하다는 머스타드 가게를 찾아갔다. 머스타드는 디종의 전문브랜드다. 이거저거 구경 후에 여행 중에 먹을만한 것으로 한 개를 샀다. 중앙거리에 가니 사람이 많아졌다. 점심시간이 가까워서다. 레스토랑의 노천 좌석에 벌써 사람이 가득하다. 거리 풍경의 사진을 찍고 우리도 기념사진을 찍었다. 이제 디종을 떠날 때다. 더 많은 디종은 나중에 기회가 될 때 다시 와서 보기로 하자.

본느에서 부르고뉴 와인투어

주차장으로 달려가서 성공적으로 자동차를 빼냈다. 일방통행 길이 많은 구시가지를 조심해서 운전하며 호텔 짐을 픽업하고 곧바로 시내를 벗어났다. 디종 시내를 벗어나니 12시20분이다. 수월하게 고속도로 진입하여, 본느(Baunne)를 향해 드라이브했다. D노선을 타다가 A3 고속도로로 진입해서 달렸다. 프랑스의 고속도로는 미국과 매우 유사하게 되어있다. 고속도로 진출입 체계도 그렇고 무엇보다 교통표지판이 미국과 흡사하다. 도로도 미국에서처럼 직선으로 쭉쭉 뻗어있다. 미국에서 운전을 많이 해본 우리 부부에겐 익숙한 느낌이다.

미국과 같은 고속도로를 달리며, 본느에 오후 1시5분에 도착했다. 시골스러운 분위기에 약간 놀랐다. 미국 소도시 분위기이다. 투어리즘오 피스에 1시40분에 도착했다. 시간을 절약하기 위해 레스토랑을 피하고 근처 브라세리에 들어가서 샐러드와 트레디셔널 햄버거를 주문했다. 완전 동네 음식점 같아서 기대하지 않았는데 의외로 맛이 있다.

투어리즘오피스에 다시 돌아가서 기다리다 보니, 약속된 시간에서 5분 정도 늦어서 차가 왔다. SUV 차량이고, 동승객들이 있다. 덴마크 커플과 일본 커플이 타고 있다. 두 커플 모두 오전부터 온종일 하는 투어 중이다. 우리가 신참인 셈이다. 덴마크 커플은 50대 초반으로 보인다. 키가 크고 피부가 약간 거친 편이다. 부부는 아닌 거 같고 동거 중인 커플 같다. 북유럽에는 흔히 볼 수 있는 관계이다. 일본 커플은 신혼여행 중이란다. 30대 초반으로 보이는 젊은 부부다. 그렇게 6명이 한 팀이 되었다.

이 투어는 일인당 85€ 가격의 프라이빗 투어인데, 오전과 오후를 아우르는 일일 투어는 150유로이다. 운전기사 겸 가이드는 에밀리라는 이름의 30대 초반 여성인데, 이 지역 출신이다. 부르고뉴 와인스쿨을 졸업했다고 한다. 캐나다 퀘백에 친구가 있다고 하는데 남자친구인 거 같다. 씩씩하고 전문성이 있는 가이드다. 원래는 와인 머천트(판매디자이너)로 일하는데, 한 달에 한두 번 정도를 와인투어 가이드를 하고 있다고 한다.

아주 재밌었다. 부르고뉴 와인의 특성과 주요 품종을 알려주고, 직접 주요 품종의 빈야드(포도밭)에 데려다주고 설명하고 하는 방식의 투어다. 흥미로운 것 중 하나는 빈야드 입구에 장미꽃이 있는데 병충해의 피해를 미리 감지하기 위해 키운다는 것이다. 장미가 병충해 민감성이 높은 식물이란다. 병충해가 증가하는 추세에 있는 모양이다. 문득 이 넓은 포도밭에 어느 정도 농약을 뿌릴지가 궁금해졌다. 굳이 묻지는 않았다. 그 외에 이상고온으로 포도 생산의 조건이 바뀌고 있다는 거, 토양의 변화로 인해 죽어가는 포도밭 등에 대해서 이런저런 설명을 해준다. 똑똑하고 친절한 가이드 에밀리의 안내가 맘에 들었다.

세계 최고라고 일컬어지는 로마네 콩티의 빈야드를 찾아갔다. 한 병에 수천만원씩을 호가한다니 놀랍다. 문화 생산자로서 프랑스의 위상을 상징하는 것이라 봐도 좋을 것이다. 이태리와 스페인 등의 나라에서는 이렇게 비싼 와인을 팔 수 없지 않을까 생각된다. 물론 프랑스인들은 생산물품의 가치가 그만큼 있는 것이라고 주장하겠지만, 고급 문화 제품으로 브랜딩을 한 것으로 봐야 할 것이다. 아무튼 우리 눈에 특별히 잘 구분되지는 않으나, 로마네 콩티 빈야드에 와봤다니 기분이 좋다. 와인 애호가에겐 감동적일 만한 곳이다. 오래전부터 와인의 매력에 깊이 빠져있는 S교수에게 로마네 꽁티 빈야드를 동영상으로

[그림 24-1] <세계 최고 가격의 와인, 로마네 콩티의 포도밭>

찍어서 보내주었다. 가족끼리 가까이 지내는 지인이다. 그와 즐겁게 문자를 주고받으며, 이런저런 얘기를 잠시 나누었다. 마지막 투어코스로 와인 샤또에 가서 와인 테이스팅을 하는 시간이다. 와인 판매상의 설명을 듣고, 여행 중에 마실 만한 20유로짜리 와인 한 병을 샀다. 투어를 마치고 투어리즘오피스로 돌아오니 5시45분이다.

차를 놔두고 갔던 이비스 호텔에 가서 체크인했다. 방이 좁을 거라고 예상했는데, 괜찮아 보인다. 14제곱미터 방이다. 이 호텔의 장점은 깨끗하다는 것이다. 체크아웃 타임도 12시이고 주차장이 있어서 편리하다.

저녁 먹거리를 사기 위해 까르푸를 찾았다. 대략 10분거리를 걸어갔다. 여기 호텔 지역에는 동네가게가 없고 대형 식품점까지 차를 몰고 가야 한다. 주차공간이 넓지 않은 호텔이라서 자동차를 내일 체크아웃 때까지 붙박이로 놔둬야 해서 걸어가기로 했다. 왕복 20분이 걸린다. 오늘의 걸음 수가 계속 늘어난다. 내 다리에 휴식을 줄 틈이 없다. 그 대신 약간 더 튼튼해진 거 같기도 하다. 내일은 무릎보호대를 꼭 해야겠다. 왼쪽 무릎관절이 아파서 치료 중인데, 이번 여행에서 잘 버텨주고 있다. 여행 중 무릎을 자주 마사지 해주고 있긴 하다. 잘 해내리라.

에이스마트에서 사 온 죠리퐁 한 봉지를 까르푸 우유에 타서 마셨다. 과일과 요거트를 디저트로 먹었다. 간단한 저녁식사가 되었다. 사진 등 정리할 게 많은데 그냥 쓰러져 잤다.

오늘의 걷기: 13,951 걸음

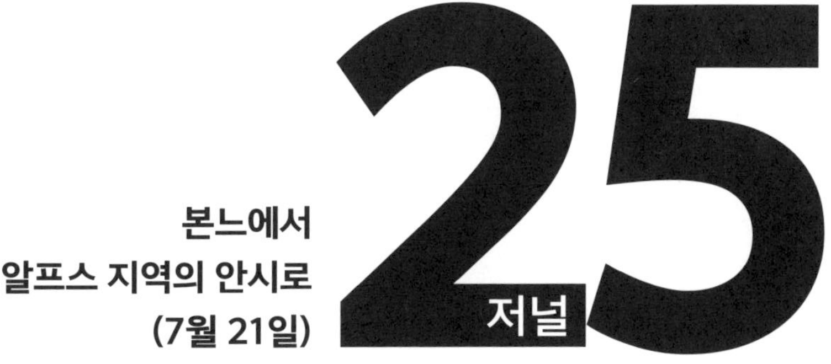

어제 저녁식사를 간이음식으로 했기에 아침식사를 든든히 먹었다. 지난밤 잠을 설쳐서 찌뿌둥했는데, 이제 기운이 난다. 초저녁에 깊이 잠들었다가 새벽에 깬 후에 쭉 잠을 못잤다.

<u>본느 관광</u>

10시50분에 호텔을 나섰다. 오래된 병원이었다가 지금은 뮤지엄으로 개장한 오텔 디외 병원박물관(Hôtel-Dieu Museum Hospital)을 찾아갔다. 오텔 디외는 '하느님의 집'이라는 뜻으로 공공 자선병원을 뜻하는 명칭이다. 걸어서 7분 정도의 거리에 있고, 쉽게 찾을 수 있었다.

오텔 디외의 입장료는 1인당 12유로다. 무료 오디오가이드를 제공하는데 줄이 길어서 그냥 통과했다. 다소 비싸다고 느꼈으나 막상 들어

[그림 25-1] <오텔 디외의 황금색 지붕>

가보니 그런 마음이 사라졌다. 규모나 내용 면에서 모두 인상적이었다. 빈자를 위한 병원으로 1443년에 문을 열었고 2차대전 때까지도 병원으로 쓰였다고 한다. 건물 지붕이 특이하다. 검은 격자 틀에 사이사이 황금색 바탕이 보이는 고급스럽게 조형된 지붕이 멋있다. 이 지역의 상징이란다. 안에서 처음 들어가면 큰 방이 있다. 과거의 병상을 그대로 전시해 보여주는 병동이다. 영화에서나 보던 광경이다.

병동을 지나 안쪽으로 들어가면 중앙 제단과 벽화들이 있다. 벽화는 주로 예수님의 빈자 돌보심에 관한 내용으로 채워 있다. 전면 중앙 제단의 벽에 큰 그림의 제단화가 있다. 유명한 그림인 듯하다. 중앙 위 돌출된 부분에는 예수님이 있고 아래에는 천사가 천칭과 같은 것을 들고 있는데, 치료와 구원에 관한 그림이 아닐까 생각되었다. 그림

[그림 25-2] 오텔 디외의 병동

하단에는 굶주리거나 아픈 벌거벗은 사람들이 그려져 있다. 전달력이 강한 그림이다.

다른 방에는 연이어서 어린이환자 병동, 의료기기, 오래된 의료서적, 의약, 약 제조 광경, 사용한 약병 등 오랜 역사를 증빙하는 물건들이 전시되어 있다. 자세히 보는데 꽤 오랜 시간이 걸릴 수 있어서 서둘러 보고 30분 만에 나왔다. 북적거릴 정도로 방문객이 많다. 관광객도 많고, 학생들도 많다. 보이스카우트도 한 그룹이 보인다. 타지방에서 견학을 온 사제도 있다. 다양한 사람들이 이 병원을 보고 다소의 놀람을 겪었으리라 생각되었다.

서둘러 나와서 호텔로 돌아갔다. 11시55분에 '마지막 순간(last minute)'

체크아웃을 했다. 주차장에 차를 놔두고 다시 시내로 갔다. 이번에는 본느 성모성당(Basilica of Our Lady)으로 향하면서 시내 거리를 걸었다. 문에 케이브(Cave)라고 쓰여있는 상점이 많다. 와인을 전시하고 파는 곳이다. 들어가 보고 싶었으나 바쁜 일정으로 통과했다. 성모성당에 도착했다. 외양부터 아담하고 이쁘다. 로마네스크의 넓은 양식이 편안함을 준다. 성당 내부의 아치도 낮고 넓어서 분위기가 편안하다. 성모 마리아의 일생을 담은 테피스트리가 있다고 해서 찾았더니 제단 뒤에 있다. 아쉽게도 닫아놓았다. 틈 사이로 보이는 테피스트리를 사진으로 찍어서 일부분만 볼 수 있었다.

시내 중앙의 거리를 더 산책하기로 했다. 상점과 레스토랑이 예쁘다. 가다보니 조그만 성당 건물 안에서 지역 미술가들의 그림과 조각 전시전이 열리고 작품들을 팔고 있다. 가격이 비싸지 않아서 놀랐다. 전시 구경을 마치고 되돌아오다가 디저트 가게가 보이길래 들어갔다. 점심을 먹기에는 다소 이른 시간이어서 간식을 먹으려고 들어왔다. 들어와서 보니 파비앙 베르토(Fabien Berteau)라는 장인의 가게이다. 밀푀유와 젤리, 커피를 사 먹었다. 혹시나 하고 검색해보니 한국에도 왔었던 본느 출신의 디저트 장인이다. 마카롱으로 2015년에 우승한 경력이 있다. 대단한 집이다. 프랑스에서는 종류별로 전국대회를 하는 모양이다. 빵도 크로아상, 바게트 등 각자의 경진대회가 있다. 내친김에 마카롱 세 개와 커피를 추가로 주문했다. 가격은 비싸지 않다. 마카롱 한 개에 1.4유로다. 우리가 추가 주문을 하고 나니 갑자기 손님이 들이닥친다. 순식간에 붐빈다. 점심 식사 시간이 막 지난 디저트 타임이 되어서 그런가 보다.

이렇게 이쁘고 작은 도시, 본느를 다 봤다. 본느는 이쁘다는 이름과 같이 실제 이쁘고 아기자기한 멋과 맛이 있는 도시다. 매력적인 도시다. 관광객을 끌어들일 만하다.

론-알프 지역으로 들어감

벌써 1시30분이다. 아기자기한 길거리 여행을 마치고 이제 론-알프 지역의 안시(Annecy)로 향했다. 까르푸익스프레스 주유소에서 처음 주유를 했다. 43.83유로로에 27.41리터를 주유했다. 디젤차라서 처음에 약간 헷갈렸다.

시내를 벗어나는데 여러 번 로타리 형태의 회전교차로를 거쳤다. 프랑스 자동차여행에서는 로타리 회전에 익숙해져야 한다. 처음에는 힘들었다. 로타리에 들어갈 때는 왼쪽 깜박이등을, 나갈 때는 오른쪽 등을 켜야 한다. 회전에서 방향을 잡는 데에 집중하다 보면 깜박이등을 넣는 걸 까먹게 된다. 그러면 다른 운전자들에게 혼란이 온다. 시골에는 신호등이 없고 모두 로타리 회전으로 되어있다. 그래도 차가 많지 않기 때문에 어렵지 않다. 도시에서는 당연히 쉽지 않다. 조심해야 한다.

고속도로에 진입해서 A6를 타고 75킬로, A40 타고 58킬로, 그리고 A41 타고 28킬로를 2시간43분 동안 달려야 한다. 아내가 운전했다. 두 시간 정도 운전 끝에 A40번 고속도로 중간에 휴게소에 들렀다. 프랑스에서 처음 들려보는 휴게소다. 화장실은 무료이고 우리나라처럼 깨끗하다. 주차장도 여유가 있다. 휴게소 건물 안에서도 쾌적하다. 배가 출출해서 연어샌드위치를 한 개 사서 나눠 먹었다. 내 졸음 손님이 나가지 않아서 아내가 계속 운전하기로 했다. 다시 A40으로 들어가서 계속 달렸다.

고속도로 운전은 쉬 피로하다. 집중력이 필요해서다. 아내가 졸려 하지 않고 운전을 잘하고 있다. 나도 옆에서 끊임없이 얘깃거리를 만들어서 떠들었다. 파비앙 베르토 가게에서 먹다 남은 달콤한 젤리를 계속 나눠 먹으면서 잠을 쫓았다.

론알프 지역의 고속도로는 부르고뉴와 달랐다. A6를 타고 남쪽으로 달리던 어느 순간부터 평야가 줄고 드문드문 산이 보이기 시작했다. A40부터는 완연한 산악지대로 바뀌었다. 알프스의 영향권이다. 그래도 평야 지대와의 연결선에 있어선지 구릉 형태의 산이 주를 이룬다. 친근하다. 스위스의 깎아지른 절벽의 산과 다르다. 알프스 끝자락, 론알프의 산은 우리나라 강원도의 산과 유사한 풍경을 보여주었다. 지대도 높아졌다. 검색해보니 안시의 해발고도가 443미터다. 제네바보다 높고 몽트뢰와 비슷하다. 당연히 피스프(Visp)보다 낮지만, 프랑스의 스위스 도시라는 이름에 걸맞게 해발고도가 높다. 우리 차가 조금씩 계속 올라가며 주위 산의 풍경을 끌어들였다. 부르고뉴와 완연히 다른 세상이 펼쳐진다.

고속도로를 벗어나 로컬도로에 진입했다. 세 시간 정도를 달려서 제시간에 도착했다. 그래도 매우 오래 걸린 것 같이 느껴진다. 장거리 운행을 해본 지가 오래돼서 그런가 보다. 아니면 우리 부부가 나이가 들었기 때문일 수도 있겠다. 여하튼 앞으로 긴 드라이브가 있는 날에는 특히 더 주의해야겠다고 다짐했다. 오늘은 아내가 컨디션이 좋아서 잘 해줬다!

안시(Annecy)

시내에서 차가 밀린다. 사람들이 엄청 많다. 와, 인기가 좋은 도시다. 구시가지가 그림같이 아름답다. 예상치 못한 정도의 아름다움이다. 들뜨는 마음을 가라앉히며 숙소 쪽으로 안내하는 구글 지도를 따랐다. 그러나 주차 불가의 일방통행 지역으로 잘못 들어왔다. 우여곡절 끝에 차를 돌리고 다시 관광객이 밀집한 지역으로 돌아갔다. 우리 호텔은 구시가지 밀집 지역의 한복판에 있다. 그래서 주차장으로 들어가는 데 애를 먹었다. 이럭저럭 1시간 정도가 소요됐다. 억울할 거 없다. 결국에 잘 찾았으니 됐다. 구시가지 숙박에서 종종 있는 일이다.

호텔 바로 앞과 옆에 사람들이 가득하다. 레스토랑이 연이어서 자리잡고 있고, 젤라토 가게들도 있다. 북적대는 사람들이 여행객의 마음을 설레게 한다. 서로서로 영향을 받는 것이다. 곧바로 달려나가고 싶었으나 우선 저녁을 방에서 먹고 나가기로 했다. 햇반 한 개를 뜨거운 물에 말아놓고 에이스마트에서 산 고추참치캔을 까서 저녁식사를 했다. 이제는 양식으로 세끼를 먹는 게 부담스럽다. 그래서 대책을 논의해서 새로운 룰을 만들었다. 아침 조식은 철저히 호텔 식당에서 잘 먹는다. 나머지 끼니도 잘 챙겨 먹되 당일 상황에 따라 탄력적으로 때우기도 한다. 장기 여행 중에 식사는 즐기는 문제가 아니고 적응과 체력의 문제다. 입맛이 젊은 시절과 다르니 이젠 원칙을 만들어 지켜가며 체력을 유지하는 게 중요하다.

저녁식사 후 산책을 나섰다. 안시의 도시 분위기가 마치 유원지와 같아서, 우리도 청바지를 벗어버리고 약간 멋을 부리는 옷차림으로 나갔다. 우리 숙소는 구시가지 한복판에 삐에르 다리(Pont Perrière)로 연결된 골목 안쪽에 있다. 숙소를 나오면 아기자기한 건물의 구시가지가 띠우(Thiou)강을 끼고 양쪽에 자리 잡고 있다. 멋지고 아름다운 풍경이다. 그리고 건너쪽 바로 앞에는 스위스의 호수를 연상시키는 맑디맑은 안시호수가 있다. 구시가지는 띠우강 하류를 끼고 자리 잡고 있다. 프랑스에서 손꼽히는 아름다운 도시로 알려져 있는데 실제 와서 보니 정말 그렇다. 즐거운 마음이 절로 인다. 사람들이 밝게 웃고 떠드는 이유가 있었다. 서로의 웃음이 전염되어 더 크게 웃고 떠들게 된다. 소란스럽게 느껴질 정도다. 혼란한 즐거움이다.

[그림 25-3] <띠우강변을 채우고 있는 레스토랑과 사람들>

강 왼쪽의 길을 따라 도시 안쪽으로 계속 걸어갔다. 예쁜 가게와 야외 테이블의 레스토랑이 계속된다. 주위 풍경과 사람들을 구경하며 걷는데, 누군가 우리를 부른다. 한때 감옥으로도 쓰였다는 역사유적 지박물관(Le Palais de l'île)을 막 지났을 때였다. 아하, 본느에서 와인투어를 함께 했던 덴마크 커플이다. 그들도 이 도시에 왔다. 반가움에 이런 저런 얘기를 나눴다. 곧 자전거여행을 시작할 거라고 한다. 즐거운 만남이었는데, 서로 약간 의외의 상황이라서 엉겁결에 헤어졌다. 지금 생각해보니 좀 아쉽다. 더 얘기를 나눠도 좋았을 것이라는 마음이 든다. 그들과 헤어지고 도시 안쪽을 더 산책하다가 들어왔다.

산책 후 피로가 밀려왔지만, 꾹참고 핸드폰 사진들을 구글드라이브에 업로드 했다. 10일이나 밀려서 오래 걸렸다. 내 것만 올리는데 40분, 아내 것은 50분 정도 걸렸다. 그래도 밀린 숙제를 마치고 나니 개운하다. 오늘 잘 자야 내일 운전을 내가 맡을 수 있다.

오늘의 걷기: 11,606 걸음

안시에서 손강과 론강의 리옹으로 (7월 22일)

아침을 든든히 먹고 산책을 나섰다. 띠우강의 아침은 싱그럽다. 밖에서 아침을 먹는 사람들의 표정이 밝다. 모두가 웃고 즐거워한다. 호텔 앞 다리에서 호수쪽과 시내쪽, 양쪽으로 사진을 찍고 아침 경치를 즐겼다. 그리고 호수 쪽으로 발걸음을 향했다. 아침 햇살을 받아 투명하게 반짝이는 안시호수가 비현실적인 아름다움을 전해준다. 투명한 에메랄드빛의 물결을 동영상에 정지화면으로 담았다. 그럴 수밖에 없다. 저항불능의 아름다움(ir-resistable beauty)이다. 맑은 아침 공기가 가슴이 확 열리게 해준다. 심호흡을 해보니 내 몸의 세포가 모두 깨어나는 느낌이다. 이루 말할 수 없는 기쁨이 일었다. 심호흡을 연이어서 하며 몸을 깨웠다.

아침 먹거리를 잡으려고 자맥질하는 오리 한 쌍을 오래 지켜보았다. 물이 투명하여 잠수하여 먹이를 쫓는 모습이 그대로 보인다. 일동이와 이순이라고 이름을 지어주었다. 한 쌍으로 다니는 새를 유달리 좋아하는 아내가 이들의 모습을 사진과 동영상으로 열심히 담고 있다. 좋은 아침이다. 아름다운 안시호수를 배경으로 아내의 사진도 한 컷 담았다.

광장에 스위스 십자가 국기가 프랑스 삼색국기와 함께 게양되어 있다. 다섯 개의 국기가 있는데 맨 양쪽에 프랑스 국기, 그다음 안쪽에 스위스 국기가 각각 두 개가 있고 중앙에 EU기가 있다. 묘한 느낌이다. 맞은편 보강공사 중인, 도서관으로 보이는 큰 건물에도 프랑스 국기, EU기, 스위스 국기 순으로 걸려있다. 스위스의 영향을 크게 받는 도시임에 틀림이 없다. 그렇다고 해도 이처럼 공개적으로 양쪽 국기를 대등하게 거는 건 무슨 뜻인가? 우리 같으면 '반역'으로 볼 텐데 하는 생각이 든다. 역사적으로 복잡한 관계로 뒤얽혀 있는 유럽에서는 가능한 일이다. 이 지역 사람들의 복합적인 정체성을 보게 되었다.

[그림 26-1] <안시호수의 아침>

산책을 끝내고 돌아와 짐 싸기 시작했다. 긴 여행이라서 짐이 많다. 그리고 매일 이동한다. 초원에서 게르를 세웠다 접었다 하며 짐을 싸서 이동하는 몽골인의 유목 생활에 비견된다. 과장이 심했나? 그렇게 매일 이동하는 게 이 여행의 가장 큰 부분이다. 귀찮지만 즐길 수 있어야 한다.

리옹(Lyon)

리옹으로 향한다. 구글 검색으로 1시간 53분이 나온다. 오늘은 내가 운전하고 아내가 보조했다. 지역도로 D노선 몇 개를 바꿔 타다가 A41로 들어갔다. 어제 탔던 고속도로다. 이 도로를 타고 가다가 A43으로 갈아타서 쭉 가면 된다. 가는 길이 단순하다.

론알프는 부드러운 스위스 느낌이다. 스위스의 깎아지른 산기슭, 가파른 산등성, 직선의 산에서 나오는 압도적인 위용과는 다르다. 달리다 보니 주변이 모두 부드럽고 완만한 곡선의 산이다. 알프스 끝자락에서 평야를 만나 부드럽게 변한 것으로 보인다. 쭉 직선으로 된 고속도로라서 주행하기에 편하다. 좌우 산과 간혹 보이는 들이 조화를 이루고 있다. 미국 동부의 애팔래치안 산맥 지역 또는 우리나라 영동 지방의 고속도로를 드라이브하는 기분으로 A41과 A43을 달렸다.

두 시간이 채 안되는 거리였지만 그 이상으로 느껴졌다. 체력과 적응력이 감퇴했다. 무사히 리옹시에 들어섰다. 호텔에서 가장 가까운 공용 주차장을 급히 검색하여 그쪽으로 향했다. 어제처럼 호텔로 곧바로 가다가 곤경에 처하게 되면 안된다. 더구나 여기는 대도시다. 좁고 사람들과 뒤엉킨 복잡한 구시가지 길을 지그재그로 찾아가면서 성공적으로 셀레스틴광장 지하의 공용주차장에 들어갔다. 안시의 공용주차장과 유사한 구조다. 아내는 같은 회사가 아닐까 생각된다고 한다. 주차하고 3-4분거리 호텔까지 짐을 끌고 갔다. 간혹 더덜거리는 길이 있어 조심했다. 호텔에 도착하니 카운터 직원이 체크인은 40분 더 기다려야 한다고 말한다. 예약서에는 오후 2시로 되어있고 우리는 2시20분에 도착했다. 청소가 덜 끝난 거다. 짐을 맡기고 시내 산책을 나섰다.

손(Saone)강이 맑다. 리옹은 손강과 론강이 만나는 곳이며 주요 구시가지는 손강 위와 아래에 있다. 우리가 머무는 곳은 손강 바로 남쪽이고 론강과의 사이에 있다. 손강을 건너는 도보다리인 '정의의 다리'를 걸으며 강과 도시가 어우러진 리옹을 사방으로 둘러보았다. 깨끗하게 정돈된, 멋지고 아름다운 도시다. 어쩐지 경제적으로 안정된 수준의 도시라는 느낌도 든다.

강을 북쪽으로 건너가서 안쪽으로 더 들어가니 로마시대 유적이 나온다. 그 옆에 리옹대성당이 있다. 생 쟝 세례자 교회(Saint Jean Baptist Church)가 정식 명칭이다. 세례자 요한의 이름이 붙은 교회다. 리옹이 대주교 교구에 해당하고, 특히 수석대주교 위치를 차지하고 있다. 우리가 내일 주일미사를 보려는 곳이다. 여느 대성당과 같이 웅장하게 내부 성전이 잘 갖춰져 있다. 도시의 규모와 역사에 비해서는 크지 않다. 스테인드글라스가 멋있다. 왼쪽에 시계탑이 있다. 알고보니 프랑스에서 가장 오래된, 700년이 된 시계라고 한다. 이 시계가 왜 성당 안으로 들어왔는지는 모르겠으나, 하나의 볼거리다. 1300년대 초반의 것이니 오래되었다. 우리나라 세종대왕 때 장영실의 해시계보다 100년 정도 앞선 것 같다.

[그림 26-2] <손강과 리옹> 아름다운 손강의 강변에 리옹대성당이 보이고, 멀리 언덕 위에 노트르담 푸비에르 대성당이 보인다.

리옹대성당을 보고 나오니 배가 고프다. 아직 점심을 먹지 못했다. 리옹에 도착하면 곧바로 점심을 하려고 했으나 체크인 지연으로 일정 계획이 엉크러졌다. 그래도 대성당을 신속하게 잘 구경했다. 시간을 절약하였다. 레스토랑에 가려다가 저녁을 한식당으로 하고 지금은 간단히 때우기로 했다.

테이크아웃점을 찾아 바게트 샌드위치와 콜라를 8유로에 샀다. 가지고 나와 성당 옆 난간 턱에 걸터앉아서 먹었다. 주린 배가 차니 살 것 같다. 주위에 젊은이들이 우리처럼 뭔가 먹고 있다. 젊은이들이 경비 절감으로 하는 식사 방식을 우리가 따라 하는 거다. 한쪽 켠에는 내 나이 또래의 홈리스가 음식 한판을 벌여놓고 행복한 표정으로 식사하고 있다. 내가 지금 여행 에 즐겨 입는 바람막이 점퍼에 홈리스 방랑자라는 뜻의 문구가 예쁜 글씨체로 부착되어 있다. 그래서인지 이번 여행 중 홈리스를 유심히 관찰하게 된다. 이 친구는 단정한 편이고 표정도 편안하다. 얼마나 되었을까. 만사 잊고 사는 게 정말 편안할까. 육체적으로도 적응이 다 되어 이젠 힘들지 않은가 등등의 생각이 스쳐 갔다. 그렇게 산책을 마치고 호텔로 돌아와서 체크인했다. 방에서 쉬다가 잠깐 잠들었는데, 아내가 깨우지 않았다. 여섯시에 일어나 씻고 다시 나섰다.

푸비에르 노트르담 대성당의 토요 미사

언덕 위에 있는 하얀 성당, 푸비에르 노트르담 대성당(Basilique Notre-Dame de Fourvière)으로 향했다. 푸니쿨라 정류장에서 기계식 장치에서 왕복 티켓을 사고 올라갔다. 3분여 만에 내려서 푸니쿨라의 역사를 빠져나올 때 눈앞에 대성당 파사드가 나타났다. 경탄이 터져 나오는 순간이다. 석양의 빛을 받아 하얗게 빛나는 모습이 신비롭다. 말 그대로 '하얀 성당!'이다. 어찌 이렇게 멋질 수 있단 말인가.

성당 안으로 들어갔다. 토요 미사 중이다. 잠시 고민하다가 경내로 들어가서 미사에 참여하였다. 곧 성찬 전례가 시작되었다. 두 줄로 서는데 아내와 나는 짧은 왼쪽 줄에 섰다. 오른쪽 줄은 주임신부가, 왼쪽 줄에서는 성체분배자가 성체 분배를 하고 있었다. 아내가 성체를 받는 시점에 오른쪽 줄에 서 있던 20대 초반의 여성이 갑자기 내가 서 있는 줄로 이동해서 내 앞에 끼어들었다. 희한한 일이었지만 그러려

[그림 26-3] <푸비에르 노트르담 대성당의 주임신부와 함께>

니 하고 있는데, 주임신부가 오른쪽 줄의 영성체를 멈추고 이쪽으로 다가와 여성에게 물었다. "가톨릭 신자인가요?" 여성이 우물쭈물 당황해하자 주임신부가 부드럽게 웃으며 "어디에서 왔는지" 물었다. 여성이 아이슬란드라고 답했다. 아이슬란드는 신교 지역이다. 비 가톨릭 신자임을 알아차린 신부께서 여성에게 축복을 내려주며 가톨릭 신자에게만 영성체를 할 수 있다고 말해주었다. 그러자 이 여성이 조용히 인사를 하고 내게 비켜주고 나갔다. 이 젊은 여성이 가톨릭 신자가 아니지만, 그간 영성체 의식을 경험해보고픈 마음이 있었는데 여행 중에 슬며시 시도해본 게 아닐까 생각되었다. 종교의 형식과 신앙의 방식에 대해 다시 생각해보게 해준 에피소드였다.

미사가 끝나고 아내에게 정황을 얘기해주던 중에 주임신부가 돌아다니며 신자들과 담소를 나누고 계시기에 다가가서 인사를 드렸다. 아내와 기념사진도 찍었다. 헤어질 때 한국말로 "감사해요"라고 인사를 하신다. 친절하고 다정한 분이다. 여행의 즐거움이 더해졌다.

채플을 둘러보았다. 벽화와 채플을 사진과 동영상으로 찍었다. 대형 벽화가 양쪽에 세 개씩 총 여섯 개만 있다. 대부분 성모 마리아를 중심으로 그려져 있는 성화이다. 특히 스테인드글라스가 멋지다. 성모를 중심으로 하는 대형 스테인드글라스가 이 교회가 성모를 찬송하기 위한 것임을 말해주고 있다. 그리스도께서 십자가에서 돌아가시는 장면이 부조로 된 채플에 봉헌하기로 했다. 미사에 뒤늦게 참여해서 봉헌하지 못했기 때문에 10유로짜리 큰 봉헌초를 샀다. 함께 봉헌하고 기도하고 나왔다. 즐겁고 행복한 순간이다.

대성당의 경내에서 시내가 내려다보이는 곳으로 갔다. 성당 좌측에 있는 언덕이다. 저녁 시간의 리옹 시내가 한눈에 들어온다. 늦은 오후의 낮은 햇빛을 받아 빛나는 리옹이 바로 앞에 있다. 손강을 끼고 발달한 리옹이 아름답다. 이 도시의 건물은 주황색, 또는 황토색이다. 언뜻

[그림 26-4] <리옹시의 전경> 석양의 빛을 받아 주황색 지붕이 반짝인다. 리스본 풍경과 비슷하다.

리스본이 떠오른다. 상 조르주 성에서 내려다보는 석양의 리스본 시내 전경과 비슷한 경치다. 그만큼 아름답다. 지붕의 색깔도 비슷하다. 손 강 다리 위에서 언덕 위쪽의 도시를 올려다볼 땐 포르투 분위기가 떠올랐었다. 결합해보니 포르투갈에 와있는 '순간 착각'이 들기도 했다.

한식을 먹었다. 리옹이 대도시라서 한식을 먹을 기회가 있다. 다음 도시부터는 한식당을 찾기 어려울 것이다. 서둘러 [강남]이라는 한식당을 찾았다. 맛있는 집이다. 완전하게 비웠다. 배가 고프기도 했지만, 한식을 당분간 못 먹을 거라는 이유로 우리가 먹을 수 있는 최대한을 먹었다. 김치찌개와 불고기 메인 플레이트는 물론이고 네 가지 반찬 모두를 깔끔하게 먹어치웠다. 전례 없고 무지막지한! 일이었다. 어쨌든 내 인생 최초의 사건을 기념하기 위해 빈 그릇만 남아있는 식탁을 사진으로 찍어뒀다.

저녁 식사 후 시내 산책을 했다. 자코뱅 광장에 앉아서 자코뱅당의 유래와 역사를 검색해보고 아내와 이런저런 얘기를 나눴다. 자코뱅파의 독재에 대해 중고등학교 때에 들어본 얘기들이 산만하게 떠올랐다. 나중에 다시 찾아봐야겠다.

호텔 앞에서 시작하는 구시가지 길거리에 사람들이 북적댄다. 주말이라선지 길 양쪽에 수많은 일행이 저녁식사를 하면서 웃고 떠들고 있다. 연인, 친구, 가족, 그 외 다양한 관계의 사람들이 함께하는 즐거운 시간이다. 한여름 주말에 야외에서 긴 시간을 보내는 저녁 다이닝의 장면이다. 레스토랑 안에도 손님이 있지만, 길가 좌석에 꽉 찬 손님들로 인해 걷기가 힘들 정도다. 우리와는 다른 프랑스의, 유럽의 문화

   권석균의 여행읽기, 프랑스 도시와 마을

다. 외국의 문화를 주로 미국 생활을 통해 배웠던 나로서는 아직도 잘 이해되지 않는다. 레스토랑이 끝없이 이어져 있다. 10분 넘게 걷다 보니 드디어 끝이 나타났다. 이 길뿐 아니라 연결된 좌우의 길, 자코뱅 광장 주위, 구시가지 다른 길에서 수많은 사람이 야외 다이닝을 즐기고 있다. 신기하기도 하다.

　다시 손강 쪽으로 나와 도시의 야경을 보고 숙소로 돌아왔다. 어느덧 10시다. 체력이 약간 남아서, 아내와 리옹의 여러 감흥을 얘기하다가 11시쯤 잤다.

오늘의 걷기: 14,769 걸음

27

저녁

리옹에서 오베르뉴의 클레르몽-페랑 (7월 23일)

아침에 주일미사에 가는 것을 고민했으나 체력부족으로 포기했다. 어제 토요일에 저녁미사를 보았기에 다행이다. 체크아웃 후 짐을 가지고 셀레스틴 광장의 주차장으로 왔다. 셀레스틴 극장은 오래된 멋진 극장이다. 연극 중심의 여러 공연예술에 관련된 극장이다. 생제르맹데프레의 오데옹극장과 유사하다. 규모는 작지만, 외관의 건축미와 오래됨이 묻어나는 느낌은 오데옹극장과 거의 비슷하다. 극장 전면에 공연 포스터가 여러 개 붙어있다. 공연을 활발히 하는 모양이다. 이 도시에 오페라극장이 따로 없다면 오페라 가르니에와 같은 역할도 할 것이다.

그냥 떠나기 아쉬워 짐을 차에 실어서 놔두고 강변 산책을 하기로 했다. 손 강변에 일요마켓이 섰다. 온갖 물건을 다판다. 가장 인기가

있는 것은 야채와 과일이다. 싱싱하고 싸다. 일요마켓은 '도보의 다리'
에서부터 보나파르트 다리까지 강변에 쭉 늘어서 있다. 많은 사람이
구경꾼 겸 고객으로 서성이고 있다. 우리는 구경꾼만 되기로 했다. 짐
을 줄여야 하기에 무얼 살 수 없다. 여행이 계속되기 때문이다.

벌써 한 시간이 흘렀다. 10시50분에 체크아웃을 했는데, 11시 50분
이다. 주차장에서 아래층으로 내려가는데 미국인처럼 보이는 40대 남
자가 "파르동" 하면서 밀고 들어왔다. "좋은 여행했어?" 내가 물었다.
그 친구가 "뭐, 그렇지 뭐"라고 대답하며 그런데 자기는 여기를 별로
안 좋아한다고 말했다. 왜 그러냐고 물었더니, 자기는 남쪽 프로방스
지방에 사는데 여기처럼 복잡한 데는 싫다고 한다. 자기 사는 데가 훨
씬 좋다고 자랑스레 말한다. 미국인이 아닌 프랑스 사람이었다. 우리
도 남부 프로방스에 가본 적이 있고 아주 좋았었다고 말해줬더니, 이
친구가 좋아라고 한다. 엘리베이터에서 내려서 농담 몇 개 더하고 헤
어졌다. 프랑스 사람들도 지역 색채가 강한 거 같다. 당연히 그러리라.
역사가 지역별로 복잡하게 얽혀있으니. 프랑스가 안정된 왕국이었다
고 하더라도 말이다.

클레르몽-페랑(Clermont-Ferrand)

얼른 주차비를 정산하고 출발했다. 클레르몽페랑에 1시50분 도착
예정이다. 오늘도 내가 운전을 했다. A6를 타고 서북쪽으로 약간 달리
다가 A89를 타고 서쪽으로 쭉 달리는 코스다. 어제와 길이 약간 다르
다. A6로 시내를 벗어나자 어제보다 구릉이 더 보였다. A89에 들어서
니 도로가 약간씩 구불구불해진다. 오베르뉴 지방으로 들어갈 때쯤엔
어제보다 더 언덕지고(hilly) 구부러진 길이 많다. 다소의 집중이 필요하

지만 어렵진 않다. 아내에게 농담으로 "손맛이 더 느껴지네"라고 말했
다. 좀 이상한 농담이었다. 그러는 중에 리브라도아 포레(Livradois Forez)
국립공원의 북단에 들어섰다. 30여분을 통과해야 한다. 숲속 길에 차
가 별로 없어서 편히 드라이브 했다. 운전자가 더 자유로워졌다. 오랜
만에 맘껏 달렸다.

클레르몽페랑에 어려움 없이 도착했다. 일요일 오후라서 시내가 한
산하다. 관광객도 많지 않다. 이곳까지 오는 여행객은 일종의 방랑자
다. 아니면 다른 곳을 가다가 거쳐가는 과객이다. 나는 방랑자이기도
하고 과객이기도 하다. 원래부터 여행을 좋아해서 어디든 떠돌아다니
는 것을 즐기는 사람이니 방랑자다. 그리고 목적지가 있고 그 길목에
서 쉬어가는 장소로 여길 왔으니 과객이다. 내일부터 남서부의 도르
도뉴와 미디피레네로 들어가는데, 그 중간 지점으로 이곳 오베르뉴를
거치는 중이다. 그 최종목적지는 피레네 산자락에 있는 루르드(Lourdes)
다. 한산한 이 도시가 맘에 든다.

우리가 머물 숙소 인근의 주차장을 찾았다. 생피에르 거리에 있는
공용주차장에 차를 댔다. 입구 통제가 엄격해서 안전하게 보인다. 아
내가 좋아라고 한다. 오늘 숙소의 체크인 타임 4시까지 아직 시간이
남았다. 점심을 먹고 시내 구경부터 하기로 했다. 주차장을 나오자 곧
바로 대성당이 보인다. 클레르몽-페랑 노트르담 대성당은 '검은 성당'
으로 불린다던데 실제 그렇다. 독특한 분위기를 자아낸다. 화산지역
의 돌을 썼는가 보다. 그 때문에 세계문화유산에 등재된 건 아닐 테지
만 검은 성당의 모습이 독특하고 멋지다.

리옹의 노트르담 대성당, '하얀 성당'에서 순식간에 검은 성당으로 와보니 기분이 묘하다. 유럽은 성당을 빼고 얘기할 수 없다. 중세가 현대와 만나는 핵심 고리가 성당, 특히 대성당이다. 그 지역의 모든 역사가 녹아있다. 대성당 안으로 들어가 보려니 일시 문 닫는 시간이다. 3시에 다시 열기로 되어있다. 광장 옆 브라세리 마들렌(Brasserie Madeleine)으로 들어갔다. 육류와 해산물 전문식당이다. 홍합요리와 (대구)피쉬앤칩스를 시켰는데, 예상외로 맛있었다. 내륙 도시에서 이런 정도의 해산물을 먹을 수 있으리라고 생각하지 못했다. 의외의 즐거움이었다. 팁 포함해서 45유로를 지불했다. 싼 편이다. 잠시 쉬다가 세시반쯤 성당 안으로 들어갔다. 내부 성전의 제단과 채플과 스테인드글라스 등이 모두 훌륭하다. 성모의 채플에 봉헌초를 바치고 기도를 올렸다. 이번에도 아내가 대표로 기도했다.

주차장에 다시 가서 짐을 꺼내서 호텔을 찾았다. 루프탑이 있는 작은 호텔이다. 마치 에어비앤비 숙소 같다. 40대 후반의 남자 주인이 직접 문을 열어주고 짐도 날라다 주었다. 5층에 숙소가 있는데 4층까지는 일반 주택이고 5층에 3개의 독립 숙소가 있다. 그리고 2층까지는 엘리베이터가 있지만 세 개 층을 계단으로 올라가야 한다.

방이 넓고 쾌적하다. 주인이 루프탑(옥상)으로 안내한다. 와, 클레르몽페랑이 사방에 보인다. 우선 대성당이 동쪽에 우뚝 서 있다. 대성당 전면 파사드가 정확히 보이는 방향이다. 멋지다. 저녁 햇살이 내리비치는 대성당의 자태가 더욱 선명하다. 검은 성당이 늦은 오후 햇빛을 정면으로 받으니 비현실적으로 보여서, 실제가 아닌 책 속에 기술되어 있는 거를 상상으로 꺼내서 보고 있는 듯하다. 서쪽 방향에는 구릉이 펼쳐져 있고 그 중앙에 퓌드돔이 우뚝 솟아있다. 북쪽에는 검은색 돔의 작은 성당이 있고, 남쪽에는 고딕 양식 첨탑의 작은 성당이 있다. 사방에 멋진 풍경을 담고 있는 루프탑이다. 6층 높이에서 온 도시가 다 내려다보인다. 도심 전역의 건물들이 흰색 벽과 붉은빛의 황토색 지붕으로 되어있다. 옛 도시의 아름다움이 유감없이 발현되고 있다.

햇빛이 따가워서 우선 방으로 내려왔다. 그리고 손빨래를 했다. 빨래가 밀렸다. 마침 오늘 오후 관광 일정이 비어있다. 룸 안에 있는 목욕용 터브가 커서 둘이 함께 꽤 많은 빨래를 처리할 수 있었다. 밀린 숙제를 해치워서 개운하다.

오늘은 덥다. 저녁 늦은 시간이 돼서야 다소 시원해졌다. 해가 낮아졌다. 본느에서 사 온 와인을 클레르몽페랑의 루프탑에서 땄다. 안주

[그림 27-1] <루프탑에서 본 클레르몽-페랑의 검은 성당>

는 견과류 등 남은 먹거리들이다. 루프탑에서 와인을 마시니 정취있는 분위기가 만들어졌다. 뜨거웠던 낮의 열기가 약해진, 여름밤 바람이 시원하게 살랑거린다. 여행의 피로를 씻어준다. 고생도 했고 즐거움도 컸다. 이 낯선 도시에서 망중한을 즐기게 되었다. 아내와 그간 즐겁고 좋았던 순간들을 얘기하다 보니 기분이 더 고양되었다. 어두워질 때까지 있다가 10시가 넘어서 방으로 내려왔다. 내일은 긴 드라이브와 바쁜 일정의 여행이 기다리고 있다.

오늘의 걷기: 8,559 걸음

**순례자의 마을,
꽁끄와 로카마두르
(7월 24일)**

날씨가 흐리다. 오늘은 기온이 내려간다고 한다. 검색해보니 클레르몽페랑이 프랑스 내에서 연교차가 가장 크다. 서안해양성 기후가 미치지 않는 내륙이어서 여름엔 덥고 겨울엔 추운 지방이다. 어제의 더위가 지역적 특성이었는지 전국적 현상이었는지 모르겠다. 여하튼 더웠다. 그래도 습도가 낮아서 다행이다.

이 숙소는 개인사업자 같다. 조식을 주인이 직접 준비했다. 왜 에어비앤비로 하지 않을까? 조식 후 터브에 잠시 몸을 담갔다. 룸안에 덩그러니 있는 고급 터브를 그냥 놔둘 수 없었다. 나는 터브의 따뜻한 물에 들어가서 눈감고 가만있는 것을 좋아한다. 그런 상태로 나른한 상념에 잠기면 더더욱 좋다. 오랜만에 그렇게 했다. 오늘 일정이 있어서 20분 만에 마쳤다. 그래도 기분이 느슨해지고 편안해졌다.

10시50분에 주차장을 출발하여 클레르몽페랑을 떠났다. 연료 막대가 2개밖에 없다. 주유해야 한다. 주유소를 찾아서 주유하는 데 시간이 좀 걸렸다. 지난 번에는 엉겁결에 잘 했는데, 디젤 주유가 어느 것인지 헷갈린다. 옆 스테이션에서 주유하고 있는 남자에게 물어서 도움을 받았다. 이 친구가 내 차의 주유구 위에 쓰여있는 '가졸(Gasole)'이라는 단어를 가리켰다. 아하, 이제야 봤다. 가졸이 디젤이다. 안전하게 디젤을 내 차에 가득 채웠다. 이제야 출발이 가능해졌다. 벌써 11시11분이다.

순례자 마을, 꽁끄(Conques)

오늘은 오베르뉴에서 남서부 방향으로 이동한다. 본격적으로 프랑스 내륙 한복판으로 들어가는 것이다. 첫 방문지인 꽁끄(Conques)까지 3시간이 걸린다. 갈 길이 멀다. 처음엔 A75 고속도로를 타고 남쪽으로 쭉 달렸다. 운전이 편해졌다. 시내를 벗어날 때 자주 만나는 회전교차로가 아직은 익숙하지 않다. 그래서 조심하고 있다.

A75를 씽씽 달리다가 N122에 들어섰다. 볼껑 도베흐니흐(Volcans d'Auvergne) 자연공원이다. 과거 화산지대였고, 숲이 우거진 지역이다. 공기가 이루 말할 수 없이 맑다. 에어컨을 끄고 창문을 열었다. 속도가 있어서 바람이 셌으나 정말 시원하다. 날씨가 흐려서 그 시원함이 더하다. 가끔씩 뿌리는 빗발이 정신을 일깨워준다. 완전한 구불길이다. 좁은 2차선 고부랑길이 계속되어 자연림이 더 가깝게 있다. 운전을 조심해야겠다. 오늘 운전은 교대로 했다. 내가 첫 1시간 반을, 이후 아내가 한 시간을, 마지막 20여 분은 내가 운전했다.

프랑스 시골길을 제대로 경험했다. 지난 며칠 간의 길과는 완전히 다르다. 강원도의 깊숙한 산속과 같은 데서 좁은 2차선 길이 계속되니 끝이 없는 것 같았다. 운전 후반에는 빗발이 굵어져서 천천히 달렸다. 숲속 자연이 좋다. 창문을 열고 닫고 하기를 반복하면서 서늘한 빗발과 시원한 공기를 번갈아 맞으니 정신이 새롭게 들었다. 꽁끄에 도착할 때쯤에 비가 개었다.

2시20분에 꽁끄(Conques)에 도착했다. 약간 지체되었지만 이만하면 성공적이라고 할 수 있다. 꽁끄는 산 중에 박혀있는 마을이다. 마을 위쪽 입구에 주차장이 있다. 이 작은 도시를 찾은 이유는 프랑스에서 선정한 가장 아름다운 마을 중 하나이기도 하고, 프랑스 순례길의 주요 거점지로서 유명한 수도원교회가 있어서다. 첫 번째 이유가 곧바로 충족되었다. 산 중턱에 걸쳐있는 마을이 아름답기 짝이 없다. 한눈에 보기에도 그 아름다움이 심상치 않다. 그런데 입구에 있는 나뭇잎이 아주 일부지만 타서 붉은색을 띠고 있다. 이 산중에도 이상고온의 피해가 있는 모양이다. 가파른 마을이다. 마을에 진입하면서 아내에게 꽁끄의 해발고도를 검색해달라고 부탁했더니 대략 250~660미터 사이이며 평균 442미터라고 한다. 다소 황당한 검색 결과인데 따지고 보니 맞다. 마을의 낮은 곳에서 가장 높은 데까지 그만큼 경사가 심한 것이다. 가파른 산세, 깊은 산속의 꽁끄를 더 자세히 보기 전에 우선 점심을 먹기로 했다. 배가 고프다.

마을 입구에서 쭉 들어가니 수도원교회가 눈 밑으로 내려다보이는 길목이 있다. 여기서 더 내려가거나 올라가지 않고 곧바로 식당을 찾아 들어갔다. 메뉴를 보니 식당이라기보다 바에 가까운 집이다. 약간의 시행착오 끝에 샤퀴테리(Charquterie) 플레터 하나와 디저트 하나를 시켰다. 샤퀴테리는 가공육과 부속물을 포함한 술안주 형식의 음식이 라고 아내가 설명해준다. 주인장이 영어가 전혀 안 되어서 아내의 기 초불어 실력으로 소통했다. 내 몸짓 소통의 기술도 한몫했다. 주인이 영어를 몰라서 미안하다고 말한다. 흥이 많은 사람이어서 모든 소통 이 재밌었다.

주문한 음식이 나왔는데, 처음 먹어보는 거다. 우리네 순대에 들어 있는 삶은 돼지간, 눌린 머릿고기 등과 같은 거다. 너무 짜서 먹기 힘 들었지만, 그럭저럭 빈 속을 채웠다. 어떤 거는 냄새가 우리에게 맞지 않아서 살짝 맛만 봤다. 예전 같으면 곧바로 숟가락을 내려놨겠지만 이제 비위가 좀 세졌다.

[그림 28-1] <지붕의 마을 꽁끄>

나는 원래 입맛이 짧아서 어려서부터 편식을 했다. 그래서 어머니의 걱정이 끊이지 않았다. 나이가 들어가면서 편식이 줄었고 먹성도 조금씩 좋아졌다. 그리고 이제 더 나이가 들어서 어떤 것이든 일단은 먹는다. 오늘의 새 음식도 입맛에 맞지 않지만, 그럭저럭 먹었다. 이제 무엇이든 새로운 경험을 피하지 말아야 할 나이가 아닌가. 남은 인생이 짧을수록 더 새로운 경험을 해보는 것이 필요하다. 디저트와 함께 커피를 추가로 시켰다. 진한 커피가 나왔다. 비위를 회복시켜 주기도 하고 늦은 오후 시간의 잠을 깨는 데도 도움이 된다.

식당 바로 앞에 수도원 지붕이 놓여있는 것처럼 보인다. 식당 앞길 노상에서 참새들이 어정거린다. 경사진 마을이어서 아랫집 지붕이 윗집 마당에 걸쳐있다. 그러니 참새들도 높이 개념이 헷갈리는가 보다. 식사를 마치고 곧바로 생트 포이 수도원교회(Abbaye Sainte-Foy de Conques)

[그림 28-2] <생트 포이 수도원교회>

로 내려갔다. 순례객들의 수도원이다. 11세기에 건축되었다고 하니 천년이 넘는 역사를 담고 있다. 날씨가 흐린 탓인지 황토색 벽의 파사드가 우수의 감정을 불러일으킨다. 그렇지만 성당 앞 중앙광장을 옛 건물들이 둘러싸고 있어서 아늑한 분위기를 만든다. 광장은 자그마하다.

다소 복합적인 감정을 품고 광장에서 성당을 배경으로 사진을 찍었다. 일군의 여행객이 앞에 모여서 무언가 설명을 듣고 있다. 간편한 복장을 보니 모두 프랑스 내국인으로 보인다. 내 주위에서 서성이는 배낭 여행객들도 프랑스인 또는 유럽인으로 보인다. 비 유럽계의 외국인이 거의 없다. 동양 사람은 당연히 우리뿐이다. 다소 생소한 눈길도 느껴진다. 기분 탓일까. 의식하지 않으려 했다. 처음 유학 갔을 때 모든 주위가 생소하게 느껴지던 시절도 생각났다.

성당 정문 위에 최후의 심판에 관한 탱팡 조각이 있다. 아주 유명한 조각이다. 아까 여행객이 설명을 듣던 것은 이 조각에 대한 것이었을 게다. 중앙에 예수님이 있는데 오른쪽(우리가 보기에 왼쪽)은 천국이고 왼쪽에는 지옥이 있다. 그리고 천당 한쪽 구석에 포이(푸아) 성녀가 엎드려 경배하고 있어서 순례자에게 경건함을 불러일으켜 준다. 교회 안으로 들어가 보니 다소 어두우면서 차분한 분위기로 되어있다. 화려한 장식이 없고 단색에 가까운 내부 성전이다. 수도원 교회라서 그렇다. 오세르의 생제르맹 수도원도, 그리고 베즐레의 마리 마들렌 성당에서도 단색 톤의 성전이었다. 중앙제단을 지나서 더 안쪽으로 들어가니 예수님 채플이 따로 모셔 있다. 아주 오래된 성화가 천장 여러 곳에 흐릿하게 남아있다. 이 교회가 오랜 역사를 갖고 있음을 말해준다. 채플 옆의 통로로 건물 밖에 나오니 수도원의 회랑과 중정이 있다. 성녀 포이(푸아)의 유골이 이곳에 보관되어 있다.

유구한 역사와 깊은 종교적 분위기에 감명을 받았다. 수도원을 둘러보면서 수도사들의 고행에도 공감할 수 있었다. 외떨어진 이 산중에 이처럼 큰 수도원 교회가 있다는 게 놀랍기도 했다.

꽁끄는 프랑스에서 손꼽히는 아름다운 마을(Beaux Village)의 하나다. 골목골목마다 오랜 마을의 향취가 스며있다. 내게 특히 흥미로운 것은 마을의 경사가 커서 길을 걸으면서 아래쪽 건물의 지붕이 바로 눈앞에 있다는 점이다. 지붕관찰을 좋아하는 나로서는 즐거운 볼거리다. 지붕에 손을 얹어 보았다. 감촉이 까슬까슬하다. 작은 형태의 너와인데, 손바닥보다 약간 크다. 체르마트의 넓적넓적한 너와지붕과 다르다. 좀 더 섬세하고 세련됐다.

마을이 크지 않아서 골목 산책에 오랜 시간이 걸리지 않았다. 요약하면 작고 가파르고 이쁜 마을이다. 그리고 경건함이 있다. 이 지역을 대표하는 도시임에도 불구하고 마을이 아주 작은 편이었다. 인구 통계를 찾아보니 현재 260명이 살고 있다. 도로 안내판이 녹색으로 되어있을 정도인데 260명이라니 놀랍다. 프랑스에서 지역의 대표적인 도시는 녹색으로, 그 외 도시와 마을은 흰색으로 교통표지판이 되어있다. 꽁끄는 계속 녹색 표지판으로 안내되었다. 아내가 조사해보니 과거 1700년대에는 2000명 정도였다고 한다. 이후 대략 1000명 정도로 되었다. 1841년에는 1400명까지 올라갔고, 다시 인구가 점차 줄어들었다. 일반인들이 살기에 다소 힘든 점이 있다. 자동차가 없던 시대에는 완전히 고립된 마을이었으리라. 자급자족해야 하는 곳이었다. 그 때문에 수도원교회가 들어섰을 것이라는 생각이 든다.

주차장으로 올라가는데 자동차가 오길래 양보했더니, 뒷좌석 여성이 창문을 열고 나를 향해 살짝 웃으며 "메르시"라고 한다. 아내가 이를 보면서 "예의 바르다"라고 말한다. 공감이다. 프랑스 사람들은 예의가 바르고 표현을 잘한다. 독일 사람은 익숙한 사람에게는 잘 대해

주지만 길을 가다가 만나는 일반적 타자(generalized others)에게는 친절하지 않다. 국가간, 민족간 비교가 조심스럽긴 하지만, 우리는 끊임없이 비교 평가하게 된다.

로카마두르(Rocamadour)

또 다른 순례자의 도시, 로카마두르를 향해서 4시50분에 출발했다. 꽁끄를 벗어나 D도로를 타고 계속 시골길을 달리니 또다시 자연공원이 나온다. 코즈 뒤 케르시(Causses du Quercy) 자연공원이다. 역시 길이 구불구불한데 회전 각도가 커서 더 조심스럽게 운전해야 한다. 구글이 빠른 길로 안내해줘서 중간에 길을 바꿨더니 오히려 시간이 더 걸렸다. 좁은 2차선으로 급한 구불길에서 80킬로 속도제한을 주는데 어찌 그렇게 달릴 수 있나. 대부분 길에서 60킬로 이상으로 달리기가 쉽지 않았다. 그러니 구글에서 예정해주는 시간보다 훨씬 더 걸렸다.

로카마두르에 도착했다. 고불탕 길의 연속이었다. 신선한 공기를

[그림 28-3] <호텔에서 본 절벽의 도시 로카마두르>

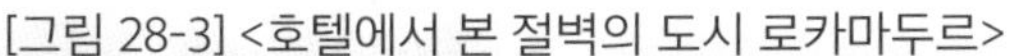

무한 리필 했고 몸이 정화되었다. 너무 오랜 주행이라서 피로하기도 했다. 반대편에서 오는 차들이 너무 빠르게 달려서 조심스러웠고 나중엔 약간 무섭기도 했다. 어드벤처 느낌이 좀 났다. 예정보다 많이 늦어졌다고 생각했는데 시간을 보니 그렇지 않다. 6시40분이다. 아직 해가 많이 남아있다. 이 도시에는 사람이 많다. 꽁끄와는 완전히 다르다. 우리 호텔은 벨뷰라고 해서 도시 건너편 언덕에 있는 부속 타운에 있다. 시내까지는 15~20분을 걸어 내려가야 한다.

늦은 시간이었지만 시내 관광을 시작했다. 내 손목시계가 7시35분을 가리키고 있다. 15분 정도 걸어가니 도시 입구에 다다랐다. 저녁식사 시간이라서 길 양쪽의 레스토랑이 북적댄다. 시내를 잠깐 걷다가 도시 위쪽 성당까지 올라가는 엘리베이터 유료서비스를 발견했다. 지쳐있는 와중에 반가웠다. 원래는 높은 계단을 걸어서 올라가야 순례자의 고행을 이해할 수 있겠지만, 편한 것도 나쁘지 않다. 우리가 이미 지쳐있기 때문이다. 그리고 관광할 시간도 부족한 상황이다. 엘리베이터는 생튜어리(성소)까지만 가고, 마을 꼭대기의 전망대까지 올라가는 엘리베이터는 문을 닫았다.

서둘러 올라가니 성당 문이 열려 있다. 7시50분인데 아직 해가 지지 않았다. '검은 성모상'이 있는 채플에 먼저 들렀다. 사람이 거의 없어서 조용하다. 먼저 기도를 드리고 옆문으로 연결된 성전으로 갔다. 크지 않다. 요셉 성인의 상을 사도요한 성인의 상으로 잘못 알고 아내가 나에게 손짓을 한다. 기쁘게 사진을 찍었다. 나중에 진실을 알았지만 즐거웠다. 아 참, 이 성당은 성 세례자 요한 교회다.

성당 밖으로 나와서 이리저리 둘러보니 절벽에 박힌 창이 눈에 띈다. 언젠가 TV 여행프로그램에서 설명해준 얘기가 생각났다. 왕의 동생이었던 기사가 전쟁에 지게 되자 검을 빼앗기지 않으려고 멀리 던졌는데 이곳에까지 날라와서 절벽에 박혔다는 전설이 있다. 믿기 어려운 얘기다. TV프로에서는 그럴듯했는데 직접 보니 별 볼품이 없다. 그저 웃긴 얘기 중 하나에 불과하다.

저녁식사를 아래쪽 시내로 내려와서 했다. 음식이 너무 짜고 치즈가 과잉이어서 겨우 먹어치웠다. 피자나 파스타를 파는 이태리식당이 그립다. 식사 후에 천천히 걸어서 숙소 쪽으로 올라왔다. 야경이 시작된 로카마두르를 돌아서서 찍고 걷고 하다 보니 금방 돌아왔다. 삼십 분이 채 안 걸려서 우리 호텔에 돌아왔다.

긴 하루였다. 운전시간 5시간이고, 이동거리는 340km 정도다. 산속 운전의 쾌적함을 무제한으로 맛본 하루다. 피톤치드를 무한대로 마셨다. 그러나 지치고 가끔 교통사고의 두려움을 느끼기도 했다. 젊었을 때는 느끼지 않았을 두려움을 이젠 느끼게 된다. 내가 젊지 않음을 실감하게 된다.

클레르몽페랑에서 만족감, 꽁끄에서 경외감과 고립감, 로카마두르에서 해방감을 느끼며, 여행의 감정이 교차되고 응축된 하루였다.

오늘의 걷기: 11,101걸음

도르도뉴강 유역의 사를라 라 카네다, 라 로크 가작, 샤또 드 베이냑 (7월 25일)

밤새 비가 와서 공기가 청량하다. 밤에 비가 오고 낮에 개어지는 날씨가 여름엔 이상적이다. 전망대에서 본 이른 아침의 로카마두르의 모습이 장관이다. 아침 햇빛을 정면으로 받으며 꿋꿋이 서 있는 고도, 절벽의 도시가 경탄을 불러일으킨다.

아침에 제자에게서 소식이 왔다. 내 연구실 제자는 아니었지만, 학회장 시절에 조교로 일을 도와주던 학생이다. 석사를 마치고 영국으로 박사과정을 하러갔다더니 거기에서 인연을 만난 모양이다. 그런데 신부의 시아버지가 될 분이 내 지인이라서 연락하게 되었다고 한다. 미국 유학 시절에 가까이 지냈고 우리 둘째 아이의 대부가 되어 준 분이다. 그때 그 집의 어린 소년이 신랑이란다. 좋은 인연이다. 삶의 순환에서 맺어지는 인연들. 그것이 세상사다. 두 사람에게 하느님의 은

총이 있기를 빈다.

오늘은 도르도뉴(Dordogne)강 유역의 중부로 들어가는 날이다. 아키
텐 내륙 지방의 아름답기로 유명한 도시, 사를라 라 카네다(Sarlat-la-
Caneda)에서 2박 예정이다. 첫날은 도르도뉴 지역의 소도시들을 돌아
다니고 둘째 날은 선사유적지를 탐방하는 일정으로 되어있다.

도르도뉴강 유역의 라 로크 가작(La Roque-Gageac)

첫 방문 도시는 라 로크 가작(La Roque-Gageac)이다. 11시20분에 로카마
두르를 출발하여 이 도시에는 12시36분에 도착했다. 중간에 멋진 뷰
가 있어서 잠시 길가에 정차했으니 실제 드라이브 시간은 더 짧다. 공
용주차장에 두 시간만큼의 주차비를 내고 증표를 차 안쪽 운전석 앞
에 놓아두었다. 그렇게 하는 것을 다른 차에서 배웠다. 주차비는 최소
단위 2시간 주차에 3유로다. 싸다.

우선 도시를 걸었다. 깎아지른 절벽 밑에 세워진 마을이 비현실적
으로 보인다. 외길
로 난 중앙로를 천
천히 산책하면서
시각에 따라 변하
는 마을 모습을 보
고 찍고, 아내와
함께 감상하면서
안쪽으로 들어갔
다. 왼편 도르도뉴

[그림 29-1] <라 로크 가작>

강에서는 카약킹을 하는 사람들이 하류 쪽으로 내려가고 있다. 작은 유람선도 보이는데 유람객이 가득 탔다. 수심이 깊지 않아서 더 평화롭게 보인다. 그림과 같은 정경이다.

마을 중간쯤 가게에서 점심거리로 빵 바냐(bagnat) 한 개와 콜라를 샀다. 먹을 장소가 마땅치 않아서 강가 둔덕에 앉아서 먹었다. 자연과 도시와 햇빛 속에서 아내와 담소를 나누며 점심을 했다. 가볍고 좋은 식사였다.

시내 거리를 더 걷다가, 도시 위쪽으로 난 길이 있어 올라갔다. 위에도 길이 있었다. 위에서 내려다보니 건물과 강이 또 다르게 보인다. 산책하듯 걸으며 도시 입구 쪽 주차장으로 갔다. 우리 자동차 푸조가 잘 기다리고 있다.

샤또 드 베이냑(Chateau de Beynac)

12분 드라이브 거리인 인근 도시 베이냑(Beynac)으로 갔다. 가다보니 베이냑이 라 로크 가작과 비슷한 분위기여서 그대로 통과하고 곧바로 중세 성채 샤또 드 베이냑(Chateau de Beynac)으로 올라갔다. 여기도 주차비는 3유로인데 최소단위가 두시간반이다. 더 싼건가? 그만큼 머물게 아니니 똑같다.

성 입구에 들어서니 성채가 생각보다 크고 멋지다. 성문 앞길의 건물들이 밝은 베이지색의 벽돌로 되어있다. 성채와 잘 조화를 이룬다. 입장료는 1인당 11.5유로다. 다소 비싼 느낌이다. 성채 안으로 들어가니 성 아래 전망이 한눈에 들어온다. 도르도뉴강 상류에서 내려오는

[그림 29-2] <샤또 드 베이냑>

물길이 평화롭고, 강의 좌우로 펼쳐진 분지가 넓고 탁 트여 있다. 시원하고 멋진 경치다.

이 지역 도르도뉴강에서는 카약을 타는 게 주요 여흥이다. 많은 사람이 라 로크 가작 쪽의 상류에서부터 카약을 타고 여기까지 내려오는 걸 볼 수 있었다. 이곳을 통과해서 더 하류로 내려가는 카약도 많이 보인다. 설마 보르도까지 쭉 내려가는 건 아니겠지? 도르도뉴강은 내륙을 관통하여 생테밀리옹을 거쳐 보르도에 이른다. 그리고 대서양으로 빠진다.

샤또 안으로 들어가니 프랑스 루이7세와 영국의 헨리2세를 남편으로 두었던 엘레노어 왕비(아키텐 여공작)에 관한 기록과 사진이 전시되어 있다. 그 시대에 두 왕의 왕비가 될 수 있었다는 게 신기하다. 12세기 초반에 프랑스와 영국의 왕들이 인척으로 얽혀 복잡한 상태에서 영국

왕이 된 프랑스 앙주백작이자 노르망디공작이었던 헨리2세가 아키텐 여공작과의 혼인으로 영지를 이곳까지 확대하고 왕가를 안정시킨 얘기다. 그리고 헨리2세가 1159년에 툴루즈백국까지 병합시키면서 나중에 영국과 프랑스 간의 100년 전쟁이 발발했을 때 이곳 베이냑이 중요한 거점 지역이었다고 한다. 이 지역이 당시(12세기 중후반) 프랑스 카페 왕조와 영국 플랜태저넷(Plantagenets) 왕가 간에 갈등의 중심지였던 모양이다. 엘레노어 아키텐 여공작으로 인해 영국의 대륙지배가 극적으로 확장되었다. 그리고 아키텐 여공작은 헨리2세의 후계자 사자왕 리처드의 모후로서 큰 정치적 영향력을 발휘하였다. 엘레노어 아키텐 여공작이 중세사에서 가장 큰 영향을 미친 왕비라고 설명되어 있다.

샤또를 돌아보니 예상했던 것보다 훨씬 더 크고 튼튼하다. 이처럼 외딴 지역에 이같은 성채가 있다는 것이 놀라웠다. 유럽의 복잡한 역사를 다시금 보게 되었다. 중세 유럽에는 고정된 국가가 존재치 않고 왕가의 혼인과 귀족의 영지 상속에 따라 지배 영토가 끊임없이 변하였다. 우리로서는 상상하기 힘든 국가 개념이다.

사를라 라 카네다(Sarlat-la-Caneda)

사를라 라 카네다로 이동할 시간이다. 시간을 너무 많이 썼다. 20여분 만에 도착했는데 호텔 체크인 때는 5분거리에 떨어져 있다는 호텔 주차장을 찾는데 크게 애먹었다. 외중에 길을 잘못 들어서 구시가지 한복판의 외길로 들어가기도 했다. 얼른 유턴해서 되돌아 나왔지만 당혹스러웠다. 이런저런 시행착오 끝에 주차장을 찾았다. 주차 후 다시 5분여를 되돌아 걸어서 아까 배정받았던 방을 찾아가니 5층 건물의 꼭대기층에 있다. 유리창이 비스듬해서 마치 천창과 같다. 방이 크고 쾌적하다. 2박 예정인데 잘됐다.

방에 들어오자마자 손빨래부터 했다. 내 빨래가 밀렸다. 방 여기저기 빨래를 널었다. 피로해서 아내는 잠시 쉬고 나는 잠깐 졸았다.

일곱시에 시내 산책을 나섰다. 앙드레 말로법의 첫 대상지답게 옛스럽고 아름다운 도시다. 구시가지 시내에 사람들이 가득하다. 놀랄 만큼 많은 사람이 벅적거리며 떠들고 웃고 즐거워하고 있다.

앙드레말로법에 대하여

드골정권에서 앙드레 말로는 문화부 초대장관을 지내면서 1959년 문화재법을 만들었다고 한다. 프랑스 문화민족주의의 주요 기점이다. 도시개발에서는 역사적 건물을 유지하도록 규제를 가했다. 지금 프랑스 각지에 난개발 없이 도시가 보존되게 된 출발점이다. 그리고 그 첫 대상(표본)이 사를라 라 카네다였다고 한다. 이 도시가 중세도시로서 이 같은 아름다움을 보여주는 것이 당연하다. 시가지를 걸으면서도 우리나라의 문화정책에 대해 여러 생각이 든다.

도시의 색깔이 밝고 짙은 베이지색이다. 아내가 몰타의 옛 수도 임디나와 색깔이 같다고 말한다. 그렇다. 비슷하다. 둘 다 색깔이 밝고 환하다. 뭔가 사람의 마음을 밝고 즐겁게 만들어준다. 구시가지 길을 따라 아래로 내려가니 생 사쎄르도 대성당(Cathedrale Saint-Sacerdos)이 나온다. 사쎄르도 성인의 유골이 보관되어 있어서 순례객들이 찾는 베네딕트 수도원 성당이다. 이 성당을 중심으로 도시가 발전했다고 한다. 대성당으로 들어가서 우리 가족과 성가대를 위한 봉헌을 하고 아내가 대표로 기도했다. 구시가지 중심거리 몇 군데를 대략 산책하고

[그림 29-3] <사를라 라 카네다의 리베르테 중앙광장> 중부지방의
가장 아름다운 중세도시로 일컬어진다.

오늘의 관광 일정을 마쳤다. 골목 구석까지는 아직 못 돌아봤지만, 짧
은 산책만으로도 사를라의 아름다움이 그대로 느껴졌다. 기분이 느슨
해졌다. 우리도 휴양 모드로 바꿨다.

저녁은 베트남/태국식당에서 했다. 쌀국수와 팟타이에 입맛이 살아
났다. 동남아 음식이 서양음식보다 우리에게 더 잘 맞는다. 속이 다 풀
리는 기분을 느꼈다. 식후 산책을 다시 했다. 구시가지 중심의 리베르
테 광장(Place de la Liberté)에 오니 한 쌍의 남녀가 아크로벳 공연을 한다.
실력은 출중하지 않으나 재밌게 구성해서 볼만했다. 2유로를 기부했
다. 이 광장에서 모든 일이 일어난다. 이쪽 공연이 끝나자 옆 광장의
중앙에서 한 여인이 1인 연극판을 벌인다. 늦은 밤의 연극판을 뒤로하
고 호텔로 돌아왔다.

오늘의 걷기: 13,402 걸음

마라톤 여행의 반환점에 있다. 그동안 성공적으로 "things under control" 하면서 미션을 잘 수행했다. 스스로 대견하다. 남은 기간도 그렇게 해야 할 것이다. 아내와 팀워크가 잘되기에 걱정이 없다. 단지 그때그때 숙고가 필요할 뿐이다.

오늘 푸아그라 등 지역 특산물 시장이 열린다기에 오전에 나가봤다. 수요일과 일요일에 마켓이 열린다. 엄청난 인파에 놀랐다. 이 정도까지 사람이 몰리다니. 이 도시에 관광객이 많은 거다. 물품은 과일부터 치즈, 푸아그라, 호두, 꿀 등 실로 다양하다. 리베르테 광장을 중심에서 사방에 있는 골목에 사람들이 꽉 차 있다. 아래 건너편 성당 앞 광장에도 빈틈이 없다. 임시로 가설된 가게뿐 아니라 기존 건물내 가게들도 문을 활짝 열고 손님을 부르고 있다. 온 거리에 활기가 넘친다.

아침부터 모두가 들떠있다. 아내와 나도 군중들과 함께 즐기면서, 다른 사람들과 함께 줄을 짓고 돌아다녔다. 복잡해서 서로 우측통행을 지켜줘야 한다.

우리도 먹을거리를 샀다. 점심과 저녁 식사 때 먹을 빵, 푸아그라, 복숭아, 멜론, 호두파이 등을 샀다. 모두 이 지역 특산물이고 싸다. 근데 푸아그라는 비싸다. 조그만 용기에 든 것이 22유로나 한다. 호텔 앞 타박(TABAC)에서 물도 사서 방에 가져다 놓았다.

라스코2(Lascaux II)

오늘은 라스코 동굴(Lascaux Caves) 벽화를 보는 날이다. 라스코는 사피엔스의 중요한 기점이 되는 크로마뇽인에 의한 2만년전의 유적이다. 크로마뇽이라는 명칭이 도르도뉴 지역의 한 지명이다. 선사시대 유적을 보는 게 오랜 꿈 중 하나였다. 그러니 라스코 유적이 이번 여행의 주요 목적지 중 하나다.

사를라 라 카네다에서 30분을 달려 몽티냑을 거쳐 라스코2(Lascaux II)에 도착했다. 라스코2는 1963년에 보존을 위해 폐쇄된 라스코 동굴벽화를 가장 집중적인 부분만 복제해서 1983년에 개장한 것이다. 원형과 똑같이 만들어 놓았다. 스페인 북부의 알타미라동굴에서 복제한 동굴을 일반에게 공개하는 것과 같은 방식이다.

현장에 도착하니 20명 정도가 기다리고 있다. 우리처럼 예약하고 온 사람들이다. 여러 나라에서 왔다. 아시아인은 우리뿐이다. 모두가 기대에 찬 얼굴이다. 잠시 기다리자 가이드 마그히트가 나타났다. 마

그히트는 이 지역 출신의 50
대 중반 여성인데, 거의 평생
라스코 가이드를 하고 있어
서 전문성이 높았다.

놀라웠다. 엄청난 실력이
다. 동굴의 벽과 천장에 그려
져 있는 동물 그림의 크기와
모양이 다양하기 짝이 없다.
처음에 만난 황소의 방(Bull's

[그림 30-1] <라스코 동굴 벽화>

Chamber)에서는 달리는 황소와 말이 실제와 같다. 황소의 뿔이 멋진 곡
선으로 그려졌다. 머리 부분이 검게 채색된 붉은색 말이 달리는 동작
은 힘차다. 현란한 뿔을 자랑하는 사슴도 정교하게 그려져 있어서 크
로마뇽인의 드로잉 솜씨를 보여준다. 검은색 곰도 보인다. 통로갤러
리(Axial Gallery)에 있는 커다란 붉은색 황소도 머리 쪽은 검게 칠해져 있
다. 크로마뇽인의 인식을 표현하는 방식인 모양이다. 계속되는 통로
에 새끼를 밴 말들이 뛰고 있는데, 그 동작이 안정적이면서도 힘차다.
크고 작은 말들과 황소와 사슴이 갤러리 전체에 어우러져 있다. 통로
의 끝에 이르니 마그히트가 뒤로 돌아보라고 한다. 돌아보니 춤추는
듯 움직이는 동물들이 어우러진 천장 벽화가 눈에 확 들어온다. 놀라
운 조화의 아름다움이다.

직접 보니 벽화의 유려함과 역동성이 상상 이상이다. 부드러운 곡
선으로 그려진 동물의 움직임과 뿔을 보면 2만년 전 크로마뇽인의 감
각과 관찰력, 그리고 손놀림이 현시대의 사람과 별 차이가 없다고 느

껴진다. 아내도 지금 사람과 똑같다고 감탄한다. 감동이 쉬이 사라지지 않는다. 이곳을 방문하고 기대보다 별로였다고 하는 어느 일간지 기사를 본 적이 있는데, 그런 평가가 전혀 이해되지 않았다. 2만년 전의 인류가 이보다 더 무엇을 그릴 수 있단 말인가. 관람객 모두 기념품점에 가서 이거저거 사느라 바쁘다. 우리도 마그넷, 책, 그리고 티셔츠까지 샀다. 약간 흥분상태였나 보다. 많이 샀다.

레제지(Les Eyzies) 선사박물관

레제지 시내에서 늦은 점심을 먹었다. 레제지는 선사시대 유적이 산재해있는, 이 지역의 거점도시다. 점심을 먼저 먹고 국립선사박물관에 가기로 했다. 오랜만에 케밥과 오므라이스를 먹었다. 천장이 있는 야외에서 밥을 먹는데 비가 왔다 갔다 한다. 예측불허다. 식사가 끝날 때쯤엔 되레 햇빛이 강렬해졌다. 모자가 없어서 곤란하다. 어제저녁 베트남식당에 두고 나왔다. 그동안 얼굴과 손등이 많이 타서 이제부턴 강한 햇빛을 피하려고 한다.

다행히 선사박물관이 걸어서 5분거리 내에 있다. 다소 현대적인 건물을 들어가니, 입구에 맘모스 박제가 있다. 선사시대 유적의 박물관임을 알려준다. 박물관에는 이 일대에서 발굴된 석기시대의 도구가 수없이 많이 진열되어 있다. 3개층으로 볼 수 있는데, 전시장 입구에 "Human Industries or Natural Work?"라고 쓰여있다. 인간이 애써 만든 걸까 아니면 자연스레 만들어진 걸까? 그렇다. 이 많은 석기 도구가 모두 당시 인간이 만든 게 아닐 수 있다. 자연 속에 있는 돌 파편일 수 있고 또 쓰이지 않은 것일 수도 있다. 초등학교 때 배우지 않았던가. 석기시대 전반부에는 도구를 만들지 못했고 땅에서 주워서 썼다

고. 여하튼 도구처럼 생
긴 모든 발굴물을 모아
놓았다. 1900년대 초반
에 주로 발굴되었다. 고
고학자들과 발굴에 참
여한 이들의 작업하는
모습이 눈에 선하다.

[그림 30-2] <선사시대의 석기 유적들>

층층의 전시장마다
비디오에서 돌을 내려치거나 두드려서 날카로운 크고 작은 돌칼을 만
드는 장면을 보여주고 있다. 어떤 층에서는 돌 위에 자국을 내서 동물
그림을 그리다 말았거나, 또는 지워져서 일부만 보이는 큰 돌조각들
이 세워져 있다. 흐릿해서 모호한 것도 있으나, 무려 백만년 전까지 인
간의 흔적을 볼 수 있어서 좋았다. 사진의 줌을 잡아서, 밝기를 조절해
서 그림의 흔적을 포착해보기도 했다.

꼭대기층에 출구가 있다. 여기서부터 천장 아래처럼 휘어 들어간
레제지 절벽의 중턱으로 이어진다. 그 아래에서 동굴집을 짓고 발굴
에 헌신한 Denis & Elie Peyrony 형제들 동판이 돌벽 위에 붙어있다.
1923년판 신문에 나온 글과 당시 발굴팀 10여명의 사진이 실려있다.
기분이 묘하다. 1차 세계대전 직후 국제정세가 극히 혼란스럽던 시절
에 선사시대 유적 발굴에 집중하고 있었을 고고학자들의 모습이 눈에
떠오른다. 고고한 걸까? 아니면 국가간 경쟁에서 주요 자랑거리로 이
용될만한 업적이어서 정치적 동기가 내포된 걸까? 이들의 노력이 순
수한 학문적 열정에 의한 것이 아닐 수도 있겠다. 인간의 행동에는 정

[그림 30-3] <크로마뇽인 동상과 레제지 절벽> 라스코와 레제지의
모든 유적은 사피엔스 크로마뇽인에 의한 것이다.

치적 동기가 일정 부분 자리하고 있을 수 있다. 하지만 존경심이 일어
난다. 평생의 연구란 값진 거다. 그리고 이처럼 역사적 기여를 만드는
것이 학자의 본분이다. 경의를 표한다.

절벽 아래 길을 더 따라가니 크로마뇽인 모습의 큰 동상이 있다. 그
옆에서 한 청년이 동상의 모습처럼 구부정하게 서고 여자친구가 사진
을 찍어준다. 나도 크로마뇽인 동상과 똑같이 구부정한 자세로 서서
사진을 찍었다. 나름 재밌다.

이제 사를라로 돌아갈 시간이다. 여섯 시가 넘었다. 오늘은 역사 공
부를 한 '수학여행'의 날이다. 많이 보고 배웠다. 라스코 천장 벽화가
아직도 아른거린다. 몇 시간 전의 감동이 되살아난다. 뭐라 표현하기
어렵다.

사를라까지 25분여를 달려서 왔다. 2차선 길이 역시 만만치 않다. 앞으로 시골 2차선은 내가 운전하고 고속도로는 아내가 운전하는 거로 했다. 숙소에 들렀다가 리퍼블릭가(Rue de la République)로 나가서 저녁 먹을거리를 사 왔다. 알고 보니 이 도시의 중심거리다. 사전공부가 부족했다. 신시가지 쪽이라서 갈 생각조차 하지 않았는데, 구시가지 경계에 있고 잘 조성된 크고 시원한 중심거리다. 사를라의 또 다른 모습을 보며 산책하기 좋은 길이었다. 돌아오는 길에 베트남식당에 들러 어제 놔두었던 모자를 찾았다.

저녁식사로 나는 햇반에 뜨거운 물을 부어서, 아내는 우유에 씨리얼을 타서 먹었다. 반찬은 과일로 대체했다. 디저트도 과일이다. 그래도 괜찮은 식사였다. 식후 산책을 또 할까 말까 고민하며 가볼 만한 곳을 검색했다. 그러다가 호텔 인근에 빨래방이 있는 것을 발견했다. 24시간 가동한단다. 와, 등하불명이었다. 급히 빨래를 모았다. 일부는 주차장 차 안에 있다. 힘들었지만 7분거리의 주차장에 가서 세탁물을 가져오고 모두 모아서 빨래방으로 달려갔다.

거기서 젊은 커플을 만났다. 서로 인사를 나누었다. 우리가 한국에서 왔다고 하니 자기들도 부산과 서울에 가보고 싶다고 말한다. 한국을 가보고 싶다는 요즘 젊은 세대이다. 이들이 한류(케이팝)의 영향으로 한국을 잘 알고 있다. 제네바의 IT 관련 회사에서 일하고 있고, 여름휴가를 도르노뉴 지역과 미디피레네 지방에서 바이크 투어로 보내는 중이라고 한다. 내일은 어디에 가서 바이크를 탈 것인지를 우리에게 신나게 설명해주었다. 우리도 내일 향하는 도시와 앞으로 여행하게 될 곳 등의 얘기를 해주었다. 바이크 투어라니, 우리와 휴가를 보내는 방

[그림 30-4] <늦은 밤의 사를라 광장>

식이 다르다. 우리 젊은이들과 다른 유럽 젊은이의 생활양식과 자연 조건이 부럽다.

세탁기가 돌아가는 중에 다시 광장을 찾았다. 또다시 구경거리 판이 벌어지고 있다. 사람들이 많다. 이 도시에서는 사람들이 함께 즐거워하려는 태세가 언제나 되어있는 듯하다.

건조기까지 마치니 자정이 다되었다. 두 시간 가까이 걸렸다. 몸은 피곤하지만, 마음은 날아갈 거 같다. 엄청나게 밀렸던 빨래를 일거에 다 해치웠다. 지친 몸을 침대에 눕히니 천창으로 밤하늘이 보인다. 여행의 절반이 끝났다.

오늘의 걷기: 11,977 걸음

31

보 빌리지,
생 시르크 라포피와 나작
(7월 27일) 저녁

이틀 동안 독특한 숙소에 머물렀다. 호텔 5층(한국식으로 6층)에 있는 유일한 방이다. 넓고 쾌적하다. 건물 중앙에 성채의 망루처럼 솟아난 부분이 있는데 거기에 4층과 5층 방이 하나씩 있다. 짐을 낑낑거리며 좁은 회전식 계단을 올라가야 하는 구조다. 우리가 머문 5층은 계단이 없으니 4층보다 더 넓고, 그리고 비스듬한 형태의 천창이 있다. 여기서 밖을 내다보면 길거리가 훤히 보인다. 그리고 길거리 사람들은 우리를 전혀 인지할 수 없다. 스나이퍼(저격수)가 아닌 바에야 우리를 포착할 수 없다. 지난 이틀간 그 누구에게도 읽히지 않는 자유로움을 느꼈다. 유리한 지점이 얼마나 중요한지를 겪어 보았다. 성곽에 숨어있는 병사의 유리함이 느껴진다. 공격하는 자들에겐 전쟁의 필수 극복 요인이다.

프랑스 소도시 여행을 하면서 여러 캐슬을 보고 다녔다. 모두 방어에 전력을 기울인 흔적들을 보았다. 모든 성채가 방어를 위해 강고하게 구축됐다. 돌과 진흙과 위치(고지대)의 결합이다. 그리고 지금 사람들은 그 역사의 잔존물을 보러 다니는 것이다. 뜬금없이 오래전에 봤던 영화 [안시성]의 전투 장면이 생각났다. 성채의 방어에서 으뜸인 전투신 중의 하나이다.

화살의 전투에서 대포의 전투가 되면서 상황이 바뀌지 않았을까 한다. 오히려 사람들이 모여있는 성채가 포격의 피해가 클 수 있다. 대포를 무조건 쏘아 올리면 되기 때문이다. 우리 호텔 이름이 라 쿨버린(La Coulverine)이다. 뜻이 이해가 안 되어서 아내가 이 호텔의 소개 자료를 자세히 보다가 중세 후반의 이동식 대포를 의미한다는 것을 알았다. "이동식 대포라니!" 내 느낌이 우연이 아니라는 생각을 해보게 되었다.

여하튼 재밌는 집에서 머물렀다. 숙소 운도 여행의 중요한 부분이다. 성 망루와 같은 꼭대기 방에서의 즐거웠던 시간을 뒤로하고, 사를라를 떠나 남쪽으로 향했다. 어제 산 라스코 동굴벽화 티셔츠를 입고 으쓱하며 나섰다. 사람들이 잘 모를 것 같은 문양이 그려져 있다.

생 시르크 라포피(Saint-Cirq-Lapopie)
미디피레네의 아름다운 마을, 생 시르크 라포피로 향했다. 오늘 운전은 아내가 전담하기로 했다. 어제보다 길이 좋을 거라 예상했는데 전혀 그렇지 않다. 사를라를 빠져나가면서 우리가 들어가야 하는 지역도로 D노선을 무슨 이유에선지 경찰이 막아놓고 있어서, 어쩔 수 없이 우회하면서부터 꼬이기 시작했다. 바뀐 경로가 더 좁은 시골길로 연결되는 등 복잡한 상황이 연속되었다. 쉽지 않다. 겨우 가려는 쪽으로 방향을 잡게 되었으나 전형적인 시골길 도로가 계속 나온다. 아주 좁은 2차선 길이다. 반대쪽 차들과 추월하려는 차들이 모두 신경 쓰이는 길이다. 여하튼 집중력이 요구되는 구불구불 길을 두 시간 정도 달렸다. 주위에 높고 낮은 산이 계속되고 숲이 짙어졌다가 개활지가 되기도 하는 변화무쌍한 주행이었다. 그리고 많은 작은 산골 마을을 거쳤다.

마지막 생 시르크 라포피 인근 길이 심상치 않다. 깎아지른 절벽을 좌측 또는 우측으로 끼고 도로가 있다. 두세번 작은 동굴도 통과했다. 프랑스 남부 내륙, 즉 미디피레네의 지형의 특징인데 생 시르크 라포피 가는 길은 더욱 그러했다. 지질학자들이 관심을 가질 만한 지형이다.

라포피를 향해 높은 고도로 올라가는 길을 달렸다. 어느 순간 마을이 나타났다. 계곡에 걸터앉은 모형이다. 가파른 계곡의 비탈을 따라 길고 가파르게 마을이 자리를 잡고 있다. 프랑스 제일의 아름다운 마을 중 하나다. 2012년에 1위를 했다고 한다.

마을 꼭대기를 벗어나 더 위쪽에 주차장이 있다. 마을에는 주차장을 구조적으로 만들 수 없는가 보다. 주차장이 곧 전망대이다. 마을 전체가 한눈에 들어온다. 아름답고 멋지다. 평화롭게 흐르는 롯(Lot)강도 잘 어우러진다. 5분 정도를 걸어서 시내 쪽으로 내려왔다. 마을 입구에 아름다운 마을 '보 빌리지(Beaux Village)' 입간판이 서 있다. 매년 평가해서 아름다운 마을을 선정하는데, 그 긍정적 효과가 크다. 이번 여행의 주 목적지를 선정하고 동선상으로 경유지를 정하는데 보 빌리지

[그림 31-1] <숲속의 생 시르크 라포피>

자료를 참고했었다. 그래서 우리가 지금 생 시르크 라포피에 와있다.

우리나라도 이런 제도를 도입하면 어떨까. 마을을 아름답게 하려고 선의의 경쟁을 하지 않겠나. 여행객을 불러 모으는 데 순기능을 할까. 바가지는 퇴출이 될 수 있을까. 서로 싸우지는 않을까. 여하튼 잘해볼 필요가 있지 않을까 생각해본다.

배가 고파서 짧게 거리 몇 개를 구경한 후 곧바로 점심을 먹었다. 샐러드와 파스타를 시켜 잘 먹었다. 약간 느끼한 건 어쩔 수 없다. 화창한 날씨로 씻어내면 된다. 점심 후 시내 산책을 하며 마을과 관광객을 구경했다. 가파른 골목길을 연인과 가족들이 걸어 다닌다. 어린애들도 잘 걷는다. 여행의 즐거움으로 피로를 잊은 것이리라.

생트 쥴리트 성당(Eglise Sainte Julitte)에 갔다. 성인 중에 여성이 많지 않은데 반가웠다. 작고 단아한 성당이다. 중앙 제단 뒤에 큰 스테인드글라스가 있는데 두 개를 붙여놓은 모양새다. 왼쪽 스테인드글라스에는 예수님이 있고 하단에 SALVATOR MUNDI(세상을 구원하소서, Save the world)라고 써있다. 우측 스테인드글라스에는 두 사람이 그려져 있고 하단에 Sta. Julitta / Stus. Cyricus 라고 적혀있다. 성녀 쥴리타와 성 시르크를 의미하는 것으로 보인다. 성 시르크는 이 도시의 이름에 관련된 성인이다. 성모채플을 찾아서 봉헌과 기도를 드렸다. 아내와 함께 가족과 지인들을 위한 기도를 드리고 나왔다.

시내 아래쪽으로 더 걸어갔다. 비슷한 모습이다. 초현실주의 작가 앙드레 브르통이 살았던 집이 저 아래에 있다는 표지판을 봤으나 포기했다. 남부지역이라선지 며칠 전부터 해가 무척 뜨겁다. 올여름 이상고온이 남유럽을 강타했다더니 이제야 더위가 프랑스 남부에 상륙한 것이 아닐까 싶다.

나작(Najac)

생 시르크 라포피를 4시10분에 출발하여, 나작(Najac)에 5시35분에 도착했다. 고부랑길 2차선 운전에 속도를 낼 수 없어서 구글이 예측해준 53분보다 더 걸렸다. 아내가 운전하느라 고생했다. 역시 아름다운 마을 보빌리지 입간판이 보인다. 높은 순위는 아니지만, 이 도시도 아름다운 마을에 포함된다.

우선 호텔에서 한시간반 정도를 쉬었다. 지쳤다. 해가 뜨거워서 돌아다니기 힘들다. 석양이 될 때까지 기다렸다.

마을 중앙에 길게 난 길이 넓게 조성되어 미니광장처럼 되어있다. 그래서 거리 이름도 파우부르광장(Place du Faubourg)이라고 되어있다. 길 양쪽에 들어선 건물들이 모두 수수하게 보인다. 옅은 회색바탕의 벽과 약간 어두운 색깔의 지붕이 마을을 평범한 듯 담백하게 만들어주고 있다. 지금까지의 화려한 도시와는 다르다. 더욱 시골스럽다. 길에 나와 있는 레스토랑 직원들 복장도 수수한 편이다. 다소 의외다. 보빌리지가 맞는가 하는 생각이 들 정도다. 그런데 지붕이 왜 어두운 색깔일까? 모양은 꽁끄에서와 같이 손바닥만한 크기의 너와들로 덮힌 지붕이다. 색깔은 꽁끄에선 짙은 황토색이었다. 독특한 느낌을 주는 나작의 건물들이다.

능선에 조성된 마을이다. 큰길 양옆에 주택들이 들어섰다. 동서로 길쭉하게 되어있다. 아직 지지 않은 태양의 강한 빛이 우리의 얼굴을 때린다. 눌러쓴 모자에 의지하고, 마을 아래쪽으로 계속 걸었다. 나작 캐슬이 멀리 보이기 시작한다. 산위에 걸터 놓은 듯한 성채가 마을의 골목길 사이에 떠있다. 유화그림의 삼각구도처럼 되었다. 사진도 찍고 동영상도 찍으며 아름다운 장면을 저장했다.

나작캐슬을 보면서 더 아래로 걸어가다가 멈추었다. 다시 올라와야 하기 때문이다. 오늘 오르막 내리막길을 충분히 걸었다. 다리를 쉬어 줘야 한다. 어차피 자동차로 내일 가볼 예정이다. 돌아서 호텔로 땀 흘리며 돌아왔다. 이번 여행 중 고도 이동을 가장 많이 하면서 걸어다닌 날이다. 미디피레네를 제대로 경험했다.

저녁식사로는 그간 가지고 다니던 남은 먹거리 모두를 꺼내놓고 먹기로 했다. 과일, 견과류, 과자부스러기 등으로 허기를 채웠다. 엊그제 마시고 남은 와인 반병도 마셨다. 개운하다. 버리지도 못하고 끌어안고 다니던 먹거리를 다 먹고 나니 해방감이 느껴진다. 허기가 다 해결되지는 않았지만, 기분 좋게 잠자리에 들었다.

오늘의 걷기: 9,451 걸음

[그림 31-2] <나작의 거리와 나작캐슬>

32

저널

보 빌리지, 나작과 꼬호드 슈흐 씨엘에서 툴루즈로 (7월 28일)

오늘은 아내 생일이다. 아침에 순간 까먹었는데 아내가 묻길래 속으로 아차하며 얼른 기억하는 척했다. 어제까지 기억하고 있었는데, 요즘엔 뭐든 자주 까먹는다. 미안했다. 어느덧 나이 지긋한 여인으로 변하는 그녀를 보며 세월을 느낀다. 고맙다. 여행 중 맞이하는 생일은 오랜만이다. 저녁에 다이닝 하면서 축하의 시간을 보낼 것이다.

아침에 Y교수에게서 문자가 왔다. 한 학기 먼저 퇴임한 친구다. 절친인데 요즘 자주 보지 못했다. 게을러지거나 자기 문제에 골몰하면 안부 묻는 것조차 잊게 된다. 내가 잊고 있으면, 먼저 확인차 안부를 물어주는 고마운 친구다. 아내는 친구 관계에 게으른 내가 신기한가 보다. 내가 이런 점에서 게으른 건 내 친구들이 다 안다. 그들은 그런 내게 불만이다. 초가을에 보기로 했다. 지난번 루소 학자, K교수와 함께 만나기로 했다. 오랜 친구가 안부를 물어오니 기분이 좋다.

어제 대충 먹은 저녁으로 배가 고파서 일찍 식당으로 갔다. 영국식 영어를 능숙하게 구사하는 리셉션 담당자와 그녀의 자매로 보이는 40대 중반의 여성이 호텔 운영을 책임지고 있는 것 같다. 조식당 메뉴와 커피머신 등에 대해 친절하게 안내를 해주었다. 그러지 않아도 알아서 먹을 텐데 말이다. 여하튼 고맙다고 말하고, 무조건 배불리 먹었다. 기운을 차리기 위해서다.

나작 캐슬에서 내려다 본 나작

체크아웃 후 나작캐슬(Château de Najac)로 차를 몰았다. 3~4분 정도 드라이브 거리다. 연료계기 막대가 한 개밖에 남지 않아서 걱정된다. 어제 드라이브하면서 주유소를 놓쳤다. 가장 가까운 주유소가 8~10분거리에 있다. 얼른 보고 그쪽으로 달려가리라 맘먹는다.

주차하고 보니 성 요한 성당(Eglise St. Jean)의 앞마당이다. 가파른 능선에 좁게 서 있고 나작캐슬 뒤에 있어서 마을 쪽에서는 전혀 보이지 않았다. 숨겨져 있는 셈이다. 성당을 둘러보았다. 별다른 장식이 없는 수수한 성당이다. 처음에는 몰랐다가 나작캐슬을 보고서 돌아오는 길에 사도 요한의 이름으로 된 성당이라는 것을 알게 되었다. 내가 본받고자 하는 성인, 물론 내 세례명이다. 반가움에 기념하고픈 마음으로 성당에 다시 들어갔다. 성당 안을 지키는 아저씨가 무섭게 생겨서 즐거운 마음이 생기지 않는다. 아까도 있었는데 지금도 있다. 사진 두 장만 찍고 곧바로 나왔다. 좀 아쉬웠다. 대신 건물 밖에 성 요한의 동상이 있다. 책을 들고 있는 모습이 멋지고 존경스럽다. 아내가 기념사진을 찍어줬다.

　나작캐슬은 높은 위치에 있다. 이미 높은 위치의 성 요한 성당에서
도 한참을 올라가야 한다. 아침부터 땀 흘리며 등산했다. 1200년대 중
반에 이 높은 곳에 어떻게 성을 지었을까 하는 마음이 든다. 저 밑에
보이는 아베롱(Aveyron)강보다 200미터 정도 높다고 한다.

　입장료는 인당 6.5유로다. 성을 바깥에서 대충 둘러보고 망루처럼
생긴 전망대로 올라갔다. 구불구불 좁은 계단으로 또 땀을 흘리며 올

[그림 32-1] <나작캐슬에서 내려다 본 나작타운>

라가야 했다. 오늘 체력 조절이 중요해졌다. 아주 작은 틈처럼 보이는 창이 방어에 진력한 이 지역 통치자의 마음을 보여주고 있다.

망루 끝에 올라가니 건너편 나작 타운이 내려다보인다. 짙은 회색 빛의 나작이 조용한 모습으로 길게 누워서, 수수하고 멋진 자태를 보여준다. 올라오느라 고생한 보람이 있다. 사방을 둘러보니 나작을 빼곤 온통 산이다. 높은 능선에 있는 성채가 점하고 있는 위치가 실감이 난다. 내려다보며 숨는, 전형적인 성루가 여기 있다.

내려오는 길은 쉽다. 무릎이 조금 아팠지만, 체력소모가 없으니 좋다. 서둘러 시동을 걸고 주유소를 찾았다. 달리는 중에 연료가 적다는 시그널도 뜬다. 괜스레 초조한 마음이다. 10분 정도 열심히 달려서 주유소를 발견했다. 마음이 놓인다. 한국에서와는 달리 먼 타지에 있으니 조심스러워지고 걱정이 커지는 걸 어쩔 수 없다.

꼬흐드 쉬르 씨엘(Cordes-sur-Ciel)

하늘 위의 멋진 마을이라는 꼬흐드 쉬르 씨엘로 향했다. 30분을 달려 도착했는데 시내 주차를 다 막아놓았다. 경찰도 많이 서성이고 있다. 무슨 일이 있나 싶었지만, 우선은 주차가 급하다. 시내에서 한참 아래쪽에 있는 공용주차장을 겨우 찾아서 주차했다. 또 오르막길을 걸어가야 한다.

도시 입구로 올라와 보니 무슨 행사가 있는 것 같다. 알아보니 투르 프랑스가 오늘 오후에 이곳을 지나간다. 구시가지 입구의 광장에 사람들이 삼삼오오 모여있다. 들떠 있는 거 같다. 잠시 기다리니 요란한 경적을 울리며 일군의 차량이 몰려온다. 선수들을 선도하는 차량인가

[그림 32-2] <축제 분위기의 투르 프랑스>

했는데 여러 협찬회사의 차량이다. 분위기를 한껏 끌어올리며 마이크로 노래도 틀고 사은품도 주고 춤도 추고 등등 사람들을 홀린다. 재밌다.

아이들이 무척 좋아한다. 청소년들도 한껏 즐기는 모습이다. 어릴 적부터 자전거 경주를 주요한 놀이로 보면서 성장하면 바이크 애호가가 되기 쉽겠다. 우리에겐 관심 밖의 운동이 아닌가 말이다. 실제 남부지역에 와보니 프랑스인들이 자전거 여행을 많이 하고 있다. 이들이 자연을 즐기는 주요 방법임을 알 수 있었다. 지난번 사를라 라 카네다에서 만난 젊은 커플도 자전거 여행 중이었다. 우리와 다른 방식으로 바캉스를 즐기는 그들이 부럽기도 하다.

흥행팀이 휩쓸고 가니 거리가 다시 조용해졌다. 일부만 남아서 선수단을 기다리고 있다. 우리도 광장 앞 브라세리에서 간편식으로 점심을 먹으며 기다렸다. 30분이 지나도 나타나지 않아서 아쉽지만 일어섰다.

구시가지 안쪽으로 들어갔다. 차량이 금지된 아틀리에길이 시작된다. 도시 위 성채 안으로 쭉 올라가는 길이다. 거리에 실제로 아틀리에가 많다. 예전부터 예술가들이 이곳으로 많이 이주해왔다더니 실제로 느낄 수 있다. 거리 양쪽으로 늘어선 그림과 공예품 등의 가게들이 관광객을 즐겁게 해준다. 관광지 특유의 분위기가 매력적이다.

아틀리에 거리 끝에 이르러 성채가 나왔다. 이 도시를 내려 다보는 성이다. 안으로 들어가 니 성당과 시청사와 공원이 나온다. 공원에서는 도시 밖 아래 쪽의 평원이 한눈에 들어온다. 골목길마다 아름다운 집과 건 축물이 있고 그 안에는 아틀리 에와 전통 옷이나 공예품을 파 는 가게, 그리고 레스토랑이 들 어서 있다. 즐거움과 우아함이 넘치는 거리가 이 도시의 본 모 습이다.

[그림 32-3] & [그림 32-4] <꼬흐드 쉬르 씨엘의 거리>

이 도시를 보고서 까뮈가 더 이상 아름다운 마을을 찾을 필요가 없 다고 했단다. 이해가 된다. 문득 까뮈는 이 도시에서 이방인이었을까? 그렇지 않았을 것이다. 나는, 우리는 여기서 이방인이다. 그러나 이방 인으로 남길 거부한다. 염세적 세계관의 표상인 까뮈의 생각에 휘둘 리지 않는 것 또한 여행자인 내게 중요하다.

툴루즈(Toulouse)

인상적인 꼬흐드 쉬르 씨엘을 뒤로하고 툴루즈로 향했다. 일정이 약간 늦어졌다. 서둘러 15분쯤 달리다가 어느 소도시 주차장에서 아내 와 교대했다. 졸지 않고 툴루즈까지 운전할 자신이 없어서다. 다행히 이 소도시를 벗어나자 고속도로 A68이 나타났다. 반가웠다. A61까지

이어지는 고속도로로 툴루즈까지 쭉 가면 된다. 아닌 게 아니라 가다가 내게 졸음이 밀려왔다. 자지 않기 위해 계속 얘기를 나누었다. 옆좌석의 내가 자면 운전자도 졸리기 때문이다.

그렇게 툴루즈에 입성했다. 시골 소도시를 계속 다녔더니 이 도시가 정말 크다는 느낌이 든다. 프랑스에서 네 번째로 큰 도시다. 인구는 49만명으로 리옹보다 3만명이 적다. 도시권 전체인구로는 130만명에 이른다니 대도시에 해당한다. 도심에 들어오니 차 안에서 봐도 다양성이 장난 아니다. 다양한 사람들이 어울려 사는 도시다. 압도적 백인 중심의 소도시를 막 벗어나서 다양성이 더 두드러져 보이는 것일 수도 있다. 툴루즈는 내게 그런 도시로 다가왔다.

호텔이 깨끗하다. 리셉션 데스크의 안내인도 남미계 스페인 사람으로 보인다. 능숙한 영어 솜씨에 프로페셔널한 서비스로 우리를 맞는다. 이런 경우에 기분이 좋다. 차별(discrimination)에 민감해질수록 전문적 태도의 프로페셔널이 좋아진다. 외국생활을 오래 하고 자주 다니다 보면 차별에 점차 둔감해지기도 하고 민감해지기도 한다. 그래서 전문적 관계를 편하게 생각하게 된다. 이 여성의 프로페셔널한 자세가 맘에 든다.

샤워부터 했다. 땀을 씻어냈다. 온종일 땀을 흘린 거 같다. 시원하기가 말할 수 없다. 한 시간여를 쉬고 도시 산책 겸 저녁 다이닝을 위해 나섰다. 캐피톨 광장(Place du Capitole)으로 갔다. 가까운 거리에 있다. 넓은 광장에 사람들이 가득 차 있다. 저녁 다이닝을 하려고 식당들에서 깔아놓은 테이블이 어마어마하게 많다. 이 더위에 야외에서 식사라

니. 서양인들은 못 말린다. 다들 야외에 자리를 차지한 게 즐거운 모양
이다.

　광장이 석양빛을 받아 붉게 물들었다. 보기 좋다. 세비야의 스페인
광장을 연상시킨다. 아내가 이 도시에 들어서자 일성으로 "스페인 도
시 같네!"라고 말한 게 맞아떨어진다. 짙붉은 빛이 감도는 황토색의
건물들이 스페인 색깔을 보여준다. 실제 스페인이 가까운 지역이다.
인적 구성에서도 스페인계가 꽤 있을 거로 추정된다. 색다른 느낌의
프랑스 도시에 왔다.

　남쪽으로 내려올수록 열기가 후끈하다. 확연히 다르다. 아니면 파
리도 지금 더위가 심한가? 일기를 보니 파리와 툴루즈의 기온 차이가

[그림 32-5] <여름날의 캐피톨 광장>

상당하다. 그렇다면 파리 날씨는 아직도 괜찮은 거다. 뉴스에서도 세계적인 이상고온과 그 피해가 나오지만, 프랑스의 날씨 문제에 대한 뉴스는 없는 거 같다. 여하튼 남쪽 지방의 더위를 경험하며 캐피톨 광장과 인근 거리를 걸었다. 시원한 호텔 방이 그립기도 하다.

저녁 다이닝이 애매해졌다. 좋은 레스토랑에서 스테이크와 와인 등으로 생일 축하의 시간을 가져야 하는데, 아내가 별로 그럴 마음이 나지 않는다고 한다. 연이어서 먹는 프랑스 음식이 특별한 외식같이 느껴지지 않기 때문이다. 일식과 한식 중 좋은 집을 찾아봤으나 마땅한 집을 찾지 못했다. 한식당이 몇 개 없고 시내 중심가에서 멀리 떨어져 있다. 이 도시에서는 한식이 아직 자리를 잡지 못한 듯하다. 일식당은 많은 편이지만 라면, 덮밥 등 간편식 중심이다. 대서양과 지중해가 먼 도시라서 그런가 싶다. 일단 걸어서 갈 수 있는 비빔밥 한식집을 찾아서 갔다. 한국의 일반식당과 분식집의 중간 정도이다. 비빔밥을 시켜 먹고 카스 맥주로 생일 축하의 건배를 했다. 우리의 축하는 여행 그 자체에 있다며, 아쉬움을 달랬다. 사실 그렇다. 우리의 여행이 곧 아내뿐 아니라 나의 삶에 대한 축하의 여정이 아닌가. 그렇다고 생각된다.

긴 하루를 마감하고 호텔에 들어와서 쉬었다. 이동이 많은 하루였다. 아내가 항상 건강하고 즐겁게 살 수 있기를 바란다. 그리고 나도 그만큼 잘해야 할 것이다.

오늘의 걷기: 15,915 걸음

33

저녁

툴루즈에서 가톨릭 성지 루르드에 (7월 29일)

툴루즈는 유럽 항공우주산업의 중심지다. 유럽의 여러 국가가 공동 소유하고 있는 다국적 기업 에어버스의 본사가 있다. 그 외에 인텔 유럽본사 등 컴퓨터 관련 기업과 하이테크 회사도 많다. 기업탐방 하기에 좋은 도시다. 우리에겐 이번 여행의 주요 목적지인 가톨릭 성지 루르드(Lourdes)에 가는 길목에 있어서 들린 도시다. 쉬어가는 곳이다. 호텔 체크아웃 후 짐을 맡기고 시내를 산책했다.

툴루즈 대성당을 찾았다. 7~8분 거리다. 대성당은 규모가 크고 화려하다. 알고 보니 유럽에서 몇번째 안에 드는 큰 성당이라고 한다. 역사가 오래된 성당이다. 이런저런 이유로 성당 구석구석을 보다 보니 거의 40분을 썼다. 예수 수난과 부활의 14처에 대한 그림이 인상적이었다. 규모가 큰 성당 내 여러 곳에 수많은 성인을 모셔놓고 있어서 놀랐

[그림 33-1] & [그림 33-2] <툴루즈 대성당의 내부 성전> 성전 양쪽 기둥의 회랑 쪽
에 예수 수난의 14처 그림이 있다.

고, 이를 꼼꼼히 보느라고 시간이 꽤 걸렸다.

성당을 나와 툴루즈 거리를 산책했다. 붉은빛이 도는 건물이 많다. 이 도시의 색깔이다. 그리고 문화적 다양성이 느껴진다. 프랑스뿐 아니라 스페인문화도 느껴지고 이슬람 복식의 사람도 눈에 띈다. 집시 모습의 사람도 많다. 다양성이 높아 보이지만 아시아인은 거의 없다. 산업도시임에도 불구하고 아시아와의 교류가 적은가 보다.

점심을 위해 빅토르 위고 마켓으로 갔다. 1896년에 개장했다고 쓰여 있다. 시장을 둘러보고 점심거리로 해산물 요리와 빠예야를 사서 건물 밖 테이블에서 먹었다. 싸진 않았지만, 입맛에 맞는 편이어서 그런 대로 잘 먹었다.

옷을 사야 한다. 긴팔옷이 부족하다. 햇빛도 가려야 하고 루르드 성지에서 단정한 옷을 입는 게 좋겠다. ZARA 매장을 찾았다. 캐피톨역 앞 광장에 있다. 옴므(남성) 매장에서 긴팔 남방셔츠를 샀다. 블랙핑크 노래가 흘러나온다. 여러 곡이 연달아 나오는데 신곡도 섞여 있다. 블랙핑크 노래를 요즘 업데이트하지 못했다. 계산대의 줄이 길어서 기다리면서 계속 들었다. 흥이 난다.

손님 중 처음으로 동아시아계 젊은이 한 쌍을 봤다. 유럽계 백인이 아닌 사람이 사분의 일은 되는데도 동양사람은 찾기 힘들다. 아내는 길 건너의 여성용(ZARA Femme) 매장으로 갔다. 아내도 긴팔 얇은 흰색셔츠를 샀다. 루르드에서 입기 좋은 거로 골랐다.

루르드(Lourdes)

루르드 행을 시작했다. 잘 뚫린 고속도로를 두시간 정도 달려서 루르드에 이르렀다. 중간에 졸음이 와서 휴게소에 들려서 아메리카노를 두 잔이나 마셨다. 도착하니 오후 다섯시반이다. 루르드에 들어서서 호텔을 찾아가는데 생각보다 오래 걸렸다. 시내 도로가 복잡하다. 드디어 도착했다. 잠깐의 휴식으로 체력을 보충하고 툴루즈에서 산 옷으로 갈아입었다. 10분거리쯤의 로사리오 대성당을 찾아 나섰다. 성당 홈페이지를 찾아보니 여섯시에 미사가 있는데 우리가 좀 늦었다.

로사리오 대성당(Basilique Notre Dame du Rosaire)이 장엄하고 멋진 모습으로 눈앞에 있다. 일순 감동이 일었다. 나중에 자세히 보기로 하고 성당 앞 광장을 가로질러 성전으로 갔다. '빛의 문(Porte de la Lumiere)'이라고 쓰여있는 입구를 지나서 안에 들어가니 다양한 나라에서 온 듯한 순례자들이 가득하다. 우리도 그중 하나다. 뒤쪽 좌석에 앉아서 오랜 여행의 안전에 감사하며 정성껏 기도를 드렸다. 한달간의 긴 여정이

[그림 33-3] <루르드의 로사리오 대성당>

순조롭게 이루어져 왔다. 다행스러운 일이다. 지금까지 거쳐온 여러 성당이 머릿속을 스쳐 지나갔다. 그리고 지금 성지 루르드에 와있다. 신앙인으로서 어찌 깊은 감사를 드리지 않을 수 있을까.

여기에 와있는 많은 이들도 각자의 목적이 있을 것이다. 공통적으로는 건강과 행복, 그리고 치유를 위한 행로일 것이다. 우리도 그렇다. 미사 중에 아이들 건강과 행복, 우리 부부의 행복을 청원하는 데 집중했다. 아이들을 생각하니, 마음이 아팠다. 그립기도 하다. 어쨌든 이 또한 누구나 삶의 과정에서 겪는 애환이리라. 영성체 후 기도 시간에 눈물이 나려 했지만 잘 추슬렀다. 미사 후에 성당을 쓱 둘러보고 나오니 일곱시가 넘었다.

배가 고팠지만, 지금은 루르드 성지의 여러 군데를 찾아가 볼 때이다. 우선 성모발현지를 찾았다. 비가 흩뿌려서 마음을 설레게 한다. 광장을 돌아서 쭉 걸어가니 사람들이 줄을 서있다. 마사비엘 동굴이다. 동굴 위에 성모 성당을 지었다. 로사리오 대성당 바로 뒤에 연이어 있는 성당이다. 내일 가볼 예정이다. 사람들이 마사비엘 동굴의 벽에 손을 맞대고 마음의 기도를 한다. 우리도 그렇게 했다. 동굴 가운데에 마르지 않는 샘물이 있다. 두손을 모으고 행렬을 따라가며 보고 기도하고 했다.

성지 안에 있는 여러 거리를 돌아다녔다. 비는 계속 흩뿌리다가 멈추기도 하고 변덕스럽게 선선한 여름 저녁을 만들어주고 있다. 도착 당시의 설렘이 이제 안도의 마음으로 바뀌었다. 늦은 저녁 식사를 위해 호텔로 다시 들어왔다.

매일 밤 아홉시에 시작되는 촛불행렬에 참여하기 위해 따뜻하게 차

[그림 33-4] <루르드의 성모발현지, 마사비엘동굴>

려입고 호텔을 다시 나섰다. 사람들이 여기저기서 나타나서 광장으로 몰려가고 있다. 밝게 떠드는 모습이 들떠있음을 보여준다. 온 세계에서 순례 여행으로 방문한 사람들 모두가 함께하는 축제의 시간이다. 우리도 그들의 일원이 되었다. 아내와 함께 촛불을 들고 행렬에 동참했다. 각 나라에서 온 단체 여행객(순례객)이 각자의 표징을 앞세우고 광장으로 천천히 돌면서 모인다. 우리는 한국 순례객을 찾아보았다. 아쉽게도 보이지 않는다. 행렬이 끝나고 모두가 광장에 모이면 미사가 진행된다. 이렇게 두 시간여에 걸친 촛불 행렬의 행사가 끝났다.

루르드 성지는 내가 신앙인으로서 찾고자 한 방문지이다. 아내와 함께 성지에 왔다는 것 자체가 우리에겐 은총이다. 그리고 나는 지금 내 신앙의 한가운데 남아 치유의 시간을 갖고자 한다. 지난 시간의 과도한 '희로애락'을 완화하고 이제 새로운 출발을 할 마음을 다져야 한다. 내 앞에 놓여있는 인생의 과제이다. 루르드의 설렘 속에 여러 생각을 하면서 잠을 청하였다.

오늘의 걷기: 15,139 걸음

치유의 도시, 루르드에서 미사와 묵상 (7월 30일)

저널 34

서둘러 아침식사를 마치고 로사리오성당을 향해 나섰다. 아홉시반에 국제미사(international mass)가 있다고 해서, 주일미사를 보기 위해 갔다. 아일랜드 어느 교회에서 온 단체팀이 있고 이들을 인솔해온 신부님이 미사를 집전하고 있다. 오랜만에 영어미사를 보게 되었다. 그러고 보니 아일랜드가 영어권이다. 미사 중에 영어미사 통상문을 검색해서 그대로 따라서 했다. 불어로 보는 미사보다 편하다. 미사가 끝날 무렵 뒤를 돌아보니 사람이 엄청나게 많이 들어왔다. 시작할 때와 다르다.

이곳 루르드에는 휠체어를 탄 순례객이 놀랄 만큼 많다. 그 외에도 몸이 아픈 사람들이 자주 보인다. 모두 치유의 은사를 찾아온 것이다. 어젯밤 횃불 행렬에서도 휠체어 탄 사람들이 봉사자들의 도움을 받아 대규모로 참여했다. 뭉클한 장면이었다.

[그림 34-1] & [그림 34-2] <휠체어를 탄 사람들이 치유은사를 위해 이동 중인 모습> 실제 육십여명이 이동하였으며 자원봉사자들이 도움을 주고 있었다.

루르드는 아픈 자들의 도시다. 육체뿐 아니라 정신적으로 아픈 사람에게도 자리를 내주는 곳이다. 그러나 모두가 즐겁다. 이곳을 찾은 그 순간부터 이미 치유가 시작된 것이다. 나이든 할머니, 할아버지가 호텔 로비에 가득하다. 서로 대화를 나누며 즐겁게 시간을 보내고 있다. 단체여행객이 많으니 일행일 가능성이 크지만, 일행이 아니어도 괜찮다. 쉽게 서로 공통의 교감이 있음을 알 수 있다. 심각하고 무거운 분위기의 도시가 아니다. 밝고 즐거운 도시다. 복장도 모두 자유롭다. 여행복, 평상복, 미사복 등등의 구별이 거의 없다.

지인과 성가대를 위한 미니 선물을 구입했다. 중요한 과제를 잘 수행했다. 점심 식사를 위해 돌아다니다가 아시안 음식 겸 필리핀 음식을 파는 식당을 발견했다. 레스토랑 이름이 아시안 델리세와 필리핀(Asian Delices & Phillippine)이다. 가톨릭국가인 필리핀에서 순례객이 많이 온다. 그리고 아마도 노동자로 온 사람들이 프랑스에 많은 거 같다. 어쨌든 한국을 포함하여 다른 아시아 국가에서 오는 숫자는 적은 편이다. 식사 중에 한국인 관광객 한팀이 들어왔다. 처음 본다. 17명인데 울산에서 왔단다. 자신감이 넘친다. 한국인의 특징이자 강점이다. 식사

를 마치고 호텔로 돌아와서 낮잠을 잤다. 무려 두 시간을 잤다. 여독이
다소 풀렸다.

순결의 모후 성당(Bascilica of the Immaculate Conception)에 가봤다. 약간 어
둡고 차분한 분위기다. 로사리오성당과 대비되는 분위기다. 여덟 개
채플이 있는데 그중에 성 요한(St. Jean, 생쟝) 채플이 있다. 세례자 생쟝의
채플은 많으나 사도 요한 채플은 찾기 힘들다. 툴루즈 대성당에서도
찾지 못했었다. 드디어 찾았다. 나작의 성 요한 성당에서 아쉬웠던 마
음을 한꺼번에 풀었다. 아래층에 크립트가 있어서 돌아보았다.

다시 로사리오 대성당을 찾았다. 어제 토요미사와 오늘 주일미사에
연달아 참여했지만, 성당 내부 구경은 제대로 하지 못했다. 화려한 그
림으로 채워진 채플들이 전체 성당을 더 화려하게 해준다. 수태고지
에서부터 예수 탄생과 고난, 죽음, 부활에 이르는 일련의 그림이 채플
별로 잘 그려져 있다. 성모님이 나오는 그림이 주를 이루고 있다. 루르
드가 성모발현지이기 때문이다. 그리고 성모에게 청원하는 가톨릭의
묵주기도를 의미하는 '로사리오' 성당이기 때문이다.

루르드 침수처에 가서 샘물로 몸을 씻었다. 몸 아픈 데를 군데군데
찾아서 옷 안으로 손을 넣어 가볍게 씻었다. 팔다리와 눈에 그리고 가
슴 아픈 쪽에도 물을 적셨다. 마음이 안정되는 기분이다. 여행 중 가지
고 다닐만한 작은 플라스틱병에도 샘물을 담았다.

넓은 공터 끝에까지 걸어가 보니 젊은이들이 모여있다. 캠핑장이
다. 대학생 또래의 수많은 젊은이들이 웃고 떠들면서 놀이를 즐기고
있다. 젊음의 신앙이 보기에 좋았다.

[그림 34-3] <루르드의 촛불행렬 행사> 장대하고 감동적이다.

저녁 시간이 돼서 다시 호텔로 돌아왔다. 오는 길에 어제 파니니를 샀던 가게를 찾아서 피자를 사 왔다. 너무 짜다. 콜라로 견디며 먹었다. 그래도 맛은 괜찮은 편이다.

촛불행렬 시간이 되어서 다시 나갔다. 오늘은 직접 참여치 않고 로사리오성당 위쪽 난간에서 참관만 했다. 어제보다 더 많은 사람이 참여해서 광장 끝까지 촛불이 빽빽하게 들어서 있다. 위에서 보니 장관이다. 신앙의 행렬이다. 믿음과 즐거움이 함께하는 힘으로 분출되고 있다. 보기에 참 좋았다. 내 마음도 그대로 채워졌다.

이제 미션을 다 마쳤다. 내일은 일상으로 돌아가는 날이다. 일찍 보르도로 떠날 계획이다. 아래 편지로 지난 이틀간의 루르드 성지 여행을 마무리한다.

"어제 토요일 오후에 루르드에 도착했습니다. 로사리오 대성당에서 마지막 토요미사에 급히 달려가서 봉헌과 영성체를 무사히 했습니다. 일곱 분의 사제가 집전하셨고 여러 나라에서 찾아온 많은 신자가 있었습니다.

미사 후 성모님께서 발현하신 마사비엘동굴을 찾아서 기적의 샘물도 받고 동굴을 만지는 행렬에 들어섰습니다. 한번도 마르지 않았다는 샘물의 원천을 유리막으로 보호하고 있었으며, 그 주위에 장미꽃 다발과 기도축원문이 쌓여있었습니다. 내일 다시 준비해서 오리라 맘 먹었습니다. 순례자들은 동굴 천장에서 한 방울씩 떨어지는 샘물을 받아 만지고 얼굴을 씻는 등 자유롭게 하더군요. 저희도 그렇게 했습니다.

저녁 후 아홉 시부터 진행되는 횃불[촛불]행렬(Torchlight procession)에 참여했습니다. 비가 부슬부슬 내리는 탓에 참여자가 평소보다는 약간 적었습니다.

오늘 주일에는 로사리오성당에서 아홉시 반에 International Mass가 있다고 해서 갔는데, 아일랜드 신부님이 영어미사를 집전하셨습니다. 불어 미사보다 편하게 볼 수 있었고요, 끝날 때쯤 뒤돌아보니 글로벌 신자들로 성당이 꽉 차 있었습니다. 오후에 다시 마사비엘동굴에 가서 우리 성당과 성가대를 위한 기도문을 바치고 기도드렸습니다.

오늘 저녁에는 촛불행렬에 직접 참여하지는 않고 로사리오대성당 위쪽에서 참관하면서 사진을 찍으며 함께 했습니다. 어제보다 더 많은 사람이 모여서 장관이었습니다. 특히 청소년을 위한 축원이 있어서 젊음이 가득한 행사가 되었습니다. 사진과 동영상을 공유해드립니다.

주님의 은총과 사랑이 넘치는 우리 성가대가 되길 기도드립니다.”

오늘의 걷기: 13,629 걸음

보르도, 생테밀리옹 와이너리 (7월 31일)

아침 일찍 보르도로 향했다. 오후에 보르도 와인투어가 예약돼 있어서 일찍 출발했다. 세 시간 운전하는 날이다. D940, D817 지역도로를 거쳐 A64 고속도로를 타고 서쪽으로 달렸다. 곧이어 연결도로인 A65 북쪽 길을 꽤 오래 달렸다. A65는 구간도로다. 미국과 다르다. 미국에는 짧게 끝나는 구간연결 고속도로가 거의 없다. 홀수번호는 남북 횡단, 짝수번호는 동서 횡단으로 대륙을 가로지르는 기나긴 고속도로로 되어있다. 보르도를 한 시간쯤 남기고 휴게실에 들렸다. 잠을 깨기 위해서 커피를 듬뿍 마셨다. 나머지 운전을 아내가 맡았다. A65가 끝나 A62 고속도로로 갈아타고, 보르도에 접근했다.

숲과 평야의 직선도로를 달려왔다. 쭉쭉 뻗은 고속도로 운전이 이제 편하다. 며칠간 좁은 2차선 길을 긴장하며 운전했기 때문이다. 고속도로 톨비가 비싸다. 30.5유로를 냈다. 고속도로 상태가 좋은 이유가 있었다. 이전에 급히 다니다보니 유료도로의 비용을 의식치 못했다. 우리나라에 비해 비싼 만큼 고속도로 관리가 잘돼있다.

보르도 들어오는 길에 수없이 많은 회전교차로를 거쳤다. 역시 힘들다. 익숙하지 않아서 주의해야 한다. 도시 외곽 쪽에는 현대적 디자인의 건물들이 보인다. 중세의 흔적이 별로 느껴지지 않는다.

호텔에서 제공하는 주차할인 요금으로 이틀간 주차비 25유로를 미리 지급했다. 정규가격은 하루에 30유로이니 꽤 깍아준 셈이다. 지난번 리옹에서는 할인요금이 없어서 하루 주차비로 40유로를 낸 바가 있다. 큰 도시는 주차비가 만만치 않다. 다행이다. 호텔에 차량 접근이 안 된다고 해서 곧바로 공용주차장으로 차를 댔다.

보르도 와인투어

그리고 투어리즘오피스로 갔다. 오후 한시반부터 와인투어가 시작된다. 여유시간이 없다. 점심식사를 초스피드로 간단히 하고 미팅 장소로 갔다. 우리가 예약한 보르도 와인투어는 생테밀리옹 지역의 빈야드로 간다. 메독(Médoc) 지역으로 가는 투어도 있으나 생테밀리옹 투어가 가장 인기가 있다. 가격이 싼 편인 버스투어를 신청했다. 버스에 40명 정도가 타고나니 빈자리 없이 꽉 찬다. 가이드가 불어와 영어로 번갈아 설명하는 방식으로 투어를 이끌었다. 버스 출발 후 20분이 지나자 빈야드가 끝없이 펼쳐진다. 규모 면에서는 부르고뉴와 비교되지 않을 정도로 크다. 주위 빈야드가 광활하다. 생테밀리옹까지 50분 정도 걸렸다. 가는 길에 열심히 졸았다. 아내도 그렇다. 새벽부터 차를 몰고 오느라 부산을 떨었더니 일순 피로가 몰려왔다.

[그림 35-1] <생테밀리옹과 빈야드 전경>

[그림 35-2] <생테밀리옹 성당 앞 광장에서>

먼저 옛 마을 생테밀리옹을 구경하는 것으로 시작했다. 생테밀리옹 성당(Église Monolithe et Clocher de Saint-Émilion)이 곧바로 보인다. 이 성당도 천년 역사를 담고 있다. 옛스럽고 멋진 성당이다. 성당 아래쪽으로 마을과 포도밭이 보인다. 전망대에서 대충 사진을 찍고 이동했다. 사람이 많아서 제대로 구경하기가 쉽지 않다. 유튜브에서 본 아름다운 생테밀리옹을 보기가 쉽지 않다. 햇빛이 너무 강렬해서 도시를 돌아보기가 힘들다. 비가 오거나 흐리더니 일순간 날씨가 맑아졌다가 강한 햇빛으로 바뀌었다. 예측 불능의 날씨다. 가이드가 성당 지하실로 안내한다. 석회암 지대의 지하 동굴로서 카타콤이 있다. 베네딕트 수도사들이 정성스레 만든 지하 성당이 있다. 가이드 투어 아니면 들어올 수 없는 곳이라고 자랑스레 말한다.

생테밀리옹(Saint-Émilion) 시청사

나오는 길에 오텔 드 빌(Hôtel de Ville, 시청)이 보인다. 청사의 문 위에 선명하게 새겨진 "공화국 프랑스(Republique Française), 자유 평등 우애(Liberte Egalite Fraternite)"라는 표어가 눈에 띈다. 왕정이 아닌 공화국임을 천명하고 있다. 입헌군주제의 다른 유럽국가들과 다르다는 프랑스인의 자부심이 아닐까? 우리나라도 공화국임을 천명하고 헌법의 근간으로 삼고 있지만, 어디에도 공화국이라는 문구를 새겨놓지 않았다. 그리고 "자유 평등 우애"도 시청사에 새겨져 있다. 삼색국기에 나타나 있듯이 말이다. 프랑스대혁명 이후 프랑스인의 가치가 확고하다. 자유와 평등을 함께 주창하는 것은 멋진 일이다. 그러나 이 두 가치가 조화되지 않을 때 즉, 가치가 충돌하는 지점에서 문제가 될 것이다. 자유와 평등이 각각 보수와 진보의 이념 지향을 의미하기 때문이다.

위대한 유산을 보유하고 있음에도 현재 프랑스가 경제력과 국민소득에서 주요 경쟁국에 비해서 뒤처져지고 있는 이유를 생각해보게 된다. 연일 시위를 하는 프랑스인의 의식 저변을 들여다보면, 평등(equality)의 가치가 뿌리 깊다는 것을 알 수 있다. 평등이 침해되었을 때 강력히 반발하는 것이다. 근로자의 노동윤리(work ethics)도 다른 나라와 차별화될 수밖에 없다. 서비스업에서도 손님(고객)보다는 노동자의 권리가 우선시 될 수 있다. 누구나 평등하기 때문에 서비스를 받는 사람과 서비스를 제공하는 사람이 똑같다는 논리가 적용되는 것이다. 그러면 돈을 내는 손님이 불편해진다. 손님(고객)의 지위는 지켜져야 한다. 이는 성, 인종, 계층, 종교, 배경 등에 의한 차별(discrimination)의 문제와는 다른 이슈다. 사

[그림 35-3] <생테밀리옹 시청사에 새겨진 표어>

실 이번 여행 중 그런 점을 많이 느끼지는 않았다. 모두 친절하고 적극적으로 일하는 거 같다. 좀 헷갈린다. 더 봐야 할 것 같다.

현재의 프랑스, 그리고 미래의 프랑스에 대해 이런저런 생각을 해보며, 버스 주차장을 찾아갔다. 우리가 일찍 돌아온 편이다.

와인너리

생테밀리옹 시내 관광을 마친 후에 와이너리 투어가 시작되었다. 우리부부는 둘 다 와인에 대해 큰 관심이 없어서 사전지식이 별로 없다. 그래도 가이드가 생테밀리옹 와인에 대해 설명해주는 내용을 재밌게 들었다. 나름 흥미롭다. La Croizille라는 와인 샤또에서 와인 제조 과정에 대한 설명을 들었다. 생테밀리옹이 왜 멀로(Merlot) 중심의 생산지인지, 브랜딩은 어떻게 하는지, 발효 전 믹스의 과정, 발효의 방식과 기간 등등 여러 설명을 해주었다. 그리고 와인 테이스팅을 했다. 취하지 않으려고 조금만 마셨다. 그래도 이미 얼굴은 빨개졌다.

와이너리 방문은 세 번째다. 십수년 전 샌프란시스코에서 나파밸리 와이너리를 방문한 적이 있고, 지난번 브루고뉴에서 코트도르(Côte-d'Or)를 방문했다. 모두 재밌었다. 이런 방문을 해보면, 와인의 세계에 깊이 빠지는 사람들을 이해할 수 있다. 우리 가족과 가까운 이웃인 S 교수의 와인 사랑이 조금은 이해가 된다.

보르도에 돌아오니 여섯시반이다. 피곤해서 동선을 최소화하기로 했다. 호텔이 투어리즘오피스에서 가까우니 먼저 체크인을 하고 근처에서 저녁을 먹고 그러고 나서 주차장 차 안에 있는 여행 짐을 가져오기로 순서를 정했다. 처음 시도해보는 순서다.

저녁은 일식으로 했다. 김치찌개를 하는 한식당이 없다. 비빔밥 종류만 하는 식당들이다. 툴루즈와 비슷한 상황인 걸 보니 아직 한국의 문화가 프랑스에 깊이 침투하지 못했다. 블랙핑크의 노래가 들리지만 아직은 빈약하다. 파리에서도 우리의 세가 약하지만, 파리를 벗어나면 거의 없다. 우리가 찾아간 일식당은 장사가 잘된다. 첫 손님으로 가서 주춤했는데 곧이어 손님이 밀려온다. 일곱시에 문을 열자마자 우리가 간 것이다. 손님이 많아져서 서비스가 엉망이다. 그런데도 잘 된다. 맛은 괜찮은 편이었다. 서비스가 엉망이어서 즐기지는 못했다.

공용주차장에 가서 짐을 가져왔다. 왕복 20분 정도 걸었다. 무척 힘들다. 호텔 예약 시에 투어리즘오피스에서 가까운 호텔에 예약했으나 주차장 위치를 미처 파악하지 못했다. 그래서 먼 주차장까지 왔다갔다 하는 상황이 되었다. 밀린 일거리가 있는데 지쳐서 힘들다. 우선 쉬고 일찍 자기로 했다. 오랜만에 터브에 몸을 담그고 망중한을 즐겼다. 내일은 관광 대신에 밀린 일을 처리하는 날이다. 마음이 편안해졌다.

오늘의 걷기: 13,249 걸음

저널

36

오늘은 '정비의 날'이다. 몸과 마음을 재정비해서 남은 여행을 건강하게 하는 날이다.

아침 조식당에서 직원이 친절하지 않았다. 다른 손님들이 들어왔는데 그들에게는 친절한 듯이 보였다. 우리가 보기에 그렇다는 말이다. 그러던 차에 아내가 우유를 따르다 실수로 바닥에 흘렸다. 예의 바른 아내가 미안하다는 말을 수차례 하는데도 그 직원이 쌀쌀맞다. 치우면서 짜증스러운 태도를 보인다. 단순히 귀찮아하는 것도 문제가 될 텐데 손님에게 무례하게 행동하니 더 문제다. 동양사람이라고 무시하는 거라고 밖에 생각되지 않는 상황이다. 일반인도 아닌 호텔종사원이 차별의 태도를 보이는 건 어불성설이다. 오십대 초반의 여성인데 외국인 근로자는 확실히 아니다. 나중에 들어온 두 명의 젊은 직원보다 시니어 직원이다. 젊은이들은 오히려 밝고 상냥하다. 이 여성이 문제다. 게스트에게 무례하게 대하는 게 잘못된 거라는 것을 알만한 나이인데, 천성이 그런 걸까. 아니면 원래부터 차별의식이 있는 걸까. 어느 쪽이어도 문제다.

우리가 오히려 정중하게 대하다가, 급기야 불쾌하고 불편한 마음을 담아 찌뿌린 표정을 지었는데 전달되었는지 모르겠다. 경직되고 강압적인 분위기가 지속되었다. 나중에야 이 여성이 내게 억지로 웃음을 잠깐 띠는데 그야말로 시늉이다. 기분이 나빠졌다. 아내는 당사자니 더욱 기분이 나쁠 것이다. 대충대충 먹고 나왔다. 본인에게 뭐라 말해주려고 하다가 참았다. 아무래도 매니저에게 말해야겠다. 가격이 꽤 나가는 호텔임에도 불구하고 서비스 퀄리티가 엉망이다. 직원 훈련이 제대로 되지 않았다.

아침에 샤워룸의 전구가 들어오지 않는다. 어제 체크인을 할 때부터 불이 깜박거렸는데 오늘 아침에 먹통이 되었다. 프론트에 연락해서 고쳐 달라고 8시에 얘기했는데, 9시40분이나 돼서 전기기사가 왔다. 샤워도 못 하고, 고쳐주기만 기다리는 손님의 입장이 배려되지 않는다. 호텔 이름이 퀄리티호텔(Quality Hotel Bordeau Centre)인데 이름이 무색하다. 천만다행으로 오늘은 우리가 쉬는 날이다. 오늘 아침부터 움직여야 하는 숙박객이었다면 큰 곤경을 겪었을 것이다. 기사가 10분간에 걸쳐 수선을 완료하고 스스로 흡족해하며 나갔다. 직업적 전문성과 충실함(integrity)이 부족한 호텔직원들이다. 툴루즈의 호텔과 완전히 상반된다.

보르도의 인상이 나빠졌다. 그렇지 않아도 큰 매력을 느끼지 못하던 차에 이런 일이 생기니 호감도가 뚝 떨어진다.

이번 여행 중 두번째 면도를 했다. 이번에도 길이를 4밀리로 통일했다. 깔끔해졌다. 방에 누워서 아내와 함께 오늘 해프닝과 그 외 여행 얘기를 나누며 오전을 보냈다. 어쨌든 기분전환이 필요하다.

보르도 관광

오전에 쉬고서 12시쯤 시내 관광을 나섰다. 우선 보르도 대성당에 가보기로 했다. 대성당 바로 옆에 시청사가 있으니 혹시 정문에 어떤 문구가 쓰여있는지도 확인해야겠다. 날씨가 개어서 햇빛이 따갑다. 우리 호텔이 있는 생트 카트린느가는 항상 사람들로 붐빈다. 명동거리보다 더 많은 사람이 모이는 거리다. 이 도시의 중심이다.

거리 북쪽으로 조금만 가면 꼬메디 광장이 있다. 광장 한편에 보르도 대극장이 있는데 잘 지어진 오페라하우스다. 코린트식 기둥이 볼만하다고 해서 현관 안으로 들어가서 쓱 둘러 보았는데 잘 모르겠다. 광장 건너편 인터콘티넨탈호텔 앞에는 어제와 같이 젊은이들이 모여서 서성이고 있다. 그들에게 물어보니 가수 위켄드를 보기 위해서 기다리고 있다고 한다. 아내가 위켄드에 대해서 내게 설명해주었다. 듣고 보니 관심이 가는 싱어송라이터 가수이다. 나중에 그의 노래를 들어봐야겠다.

광장 동쪽으로 큰 기념비가 보인다. 파리의 바스티유광장에 있는 기념탑과 비슷하게 보여서 가보았다. 지롱드기념비

[그림 36-1] <가수 위켄드를 기다리고 있는 젊은이들>

라고 한다. 바스티유 기념비보다 규모가 좀 작다. 그래도 조형물이 잘 만들어져 있어서 보기에 좋았다. 기념비 사방에 그 유래와 관련 에피소드가 적혀있는데, 대충 읽다가 말았다. 곧바로 10분 거리의 주차장으로 걸어가서 어제 빠뜨린 약을 챙겼다. 걷다 보니 버거킹이 보인다. 반갑다. 둘이 와퍼를 사서 맛있게 먹었다. 나는 맥도널드에서는 빅맥만을, 버거킹에서는 와퍼만 먹는다. 아내는 맥도널드 햄버거보다 버거킹의 와퍼를 좋아한다. 햄버거가 함부르크가 아닌 미국의 상징이다. 유학시절에 질렸던 햄버거가 이제 맛있다.

그리고 주 목적지인 보르도 대성당으로 갔다. 정식 명칭은 생 앙드레 대성당(Cathédrale Saint-André)이다. 트램길을 따라 걷다 보니 대성당이 나온다. 우뚝 솟은 고딕 양식의 성당이다. 11세기에 지어졌는데, 13-4기에 고딕양식으로 증축되었다고 한다. 멋진 외양을 갖고 있다. 우선 밖에서 사진을 찍었다. 성당 내부로 들어가기 전에 광장 옆 시청사를 찾았다. 청사 정문에 공화국 등등의 글귀가 있는

[그림 36-2] <보르도 대성당> 바로 앞에 트램이 다닌다.

지 확인해보기 위해서다. 아무런 글이 없다. 아하, 그렇다면 생테밀리옹 시청사에만 그렇게 쓰여있는 거였다. 어제 내가 너무 복잡한 생각을 한 거다.

대성당 내부는 생각보다 수수했다. 고딕양식 성전의 폭이 좁고 높고 길다. 벽화, 채플, 스테인드글라스 등도 그다지 화려하지 않은 편이다. 성당 기둥도 대체로 평이한 문양으로 되어있다. 분명 수도원 성당이 아님에도 검소한 모습이어서 다소 놀랐다. 툴루즈 대성당의 웅장함에 비하면 상대적으로 단촐하다고 할 수 있겠다. 묘한 느낌으로 성당 내부를 돌아보다가, 자리에 앉아서 아내와 함께 짧은 기도를 드리고 나왔다. 이번 여행을 잘 마칠 수 있도록 마음을 다졌다.

호텔로 돌아오는 길에 프낙에 들려서 보조배터리를 샀다. 그동안 쓰던 게 어제 부러졌다. 삼성제품을 집었다가, 보급품으로 나온 값싼 제품으로 샀다. 호텔에 돌아오니 오후 다섯시다. 방에서 쉬다가 일곱시에 나가서 저녁식사를 하고 다시 산책할 예정이다. 그 사이에 아내는 사진을 업로드하고, 나는 쉬었다. 그러다가 잠깐 잠들었다. 깨어나니 나갈 때가 되었다.

저녁식사를 위해 베트남식당을 찾았다. 생트 카트린느가에 사람이 더 많아졌다. 이 거리 양쪽에 있는 가게들은 장사가 잘될 거다. 가게 안에 사람이 그득하다. 프낙(fnac)도 이 거리에 있다. 베트남식당에도 사람이 많다. 베트남이 프랑스 문화권이었기에 손님이 더 많은 걸까? 프랑스 어딜 가든 베트남식당이 많은 것 같다. 포(Phở)를 먹으며 예전 하노이 여행의 즐거웠던 추억을 되새겼다. 저녁식사 후 까르푸익스프레스에 가서 내일 아침 먹거리를 사서 호텔 방에 갖다가 놓았다. 내일 아침 일찍 간단히 먹고 출발할 예정이다. 네 시간을 달려야 한다. 오늘 밤에 숙면해야 한다.

물의 거울과 가론강

호텔을 다시 나와서 '물의 거울(Miroir d'eau)'이 있는 곳으로 갔다. 가론 강의 강가에 있다. 예상했던 것보다 훨씬 멋지다. 석양을 받아 물의 거울이 더욱 반짝였다. 주위의 멋진 건물과 뛰노는 아이들이 비치는 물의 거울은 가히 환상적이다. 꽤 오래 풍경을 즐겼다.

가론강의 하류는 넓고 수량이 풍부하다. 툴루즈를 거친 가론강이 긴 여정으로 여기에 이르렀다. 우리도 그렇다. 가론강은 보르도의 북쪽 위로 흘러들어오는 도르도뉴강과 만나서 대서양으로 흘러 들어간다. 한강보다 더 넓게 흐르고 있는 가론강을 바라보며 심호흡을 해보니 마음이 한결 여유로워진다. 물은 사람의 마음을 차분하게 해준다. 긴 여정의 자동차여행에 지친 몸을 편안하게 안정시켜 주었다. 산책 나오길 잘했다.

저녁 시간에는 구글에 사진 업로드 작업을 했다. 컴퓨터 과부하로 시간이 오래 걸렸다. 피로에 도저히 버틸 수 없어서 11시경에 잤다. 자

[그림 36-3] <물의 거울과 가론강>

다 깨다 하면서 최종 업로드는 12시 넘어서 끝났다. 귀찮지만 꼭 해야
하는 일이다. 여행엔 그런 일들이 있다.

오후와 저녁의 산책 후에 보르도의 이미지가 좋아졌다. 모든 길이
넓고 단정하기만 해서 다소 맹숭맹숭하게 보였던 보르도가 이제는 시
내 길이 넓고 시원하고 살기에 좋은 도시로 달리 생각되었다.

오늘의 걷기: 13,232 걸음

37

저녁

프랑스 서부를 달려
루아르의 고성
앙부아즈에 (8월 2일)

아침식사로 어제 사놓은 샌드위치를 먹었다. 매번 우유가 남기에 작은 팩에 담긴 거로 사 왔는데 아침에 열어보니 우유가 아닌 산양유를 탈지시킨 특이한 음료였다. 그럭저럭 아침을 마쳤다.

여행 짐을 패킹하다가 아내와 말다툼을 했다. 새로 산 보조배터리의 연결줄이 사라져서 찾다가 서로의 책임으로 얘기가 되더니 그리되었다. 부부간에는 일상생활의 싸움이 있다. 우리부부는 자주 싸우지는 않아선지 이런 일이 발생하면 당황스럽다. 마음을 가라앉히는 데에 약간 시간이 걸렸다. 그러다 보니 출발이 다소 늦어졌다. 10시반쯤에 방을 나와서 체크아웃을 했다.

매니저 대신에 리셉셔니스트에게 어제 아침 식당에서 있었던 '나빴던 경험'을 얘기했다. 게스트로서 정당하게 대우받지 못해서 불쾌했던 점을 상황설명에 덧붙여 말했다. 리셉셔니스트 두 사람 중에 선임 직원이 미안하다고 사과의 뜻으로 조식 비용을 환불해 주겠다고 한다. 당연히 그럴 필요 없다. 환불은 받지 않을 테니, 어제 그 직원에게 우리가 기분 나빴다는 얘기를 꼭 전해달라고 했다.

서부 대서양 지역을 달림

이제 나름 다사다난했던 보르도를 떠난다. 호텔을 나서자 벌써 11시다. 짐을 끌고 서둘러 주차장으로 갔다. 다음 목적지는 루아르 고성의 하나인 앙부아즈성(Château d'Amboise)이 있는 마을이다.

보르도 시내를 벗어나는데 20분여가 걸렸다. 나오는 길이 복잡하고 트래픽이 있다. 시내 도로 주행 후에 드디어 가론강 다리를 건너고 보르도를 벗어났다. 달리다보니 도르도뉴강의 다리도 건너게 된다. 둘다 익숙한 강이다. 앙부아즈로 가는 고속도로는 A10 하나뿐이다. 이고속도로가 상트, 포이티에, 투르를 거쳐 파리까지 이어진다. 앙부아즈는 투르(Tours) 인근에 있다. 파리까지 가는 A10 고속도로를 달리다가문득 생각해보니 이 고속도로가 짝수번호인데 북쪽으로 달린다. 조사해보니 파리를 중심으로 방사형으로 고속도로 넘버링이 되어있다. 미국과 다른 번호체계다.

고속도로에 들어선지 10분만에 비가 쏟아지기 시작했다. 긴장된다. 비오는 데도 차들이 씽씽 달린다. 대체로 추월선을 양보했지만, 너무 느리게 달리거나 트럭이 있으면 나도 추월선을 탈 수밖에 없다. 점차 폭우에 가깝게 되니 운전이 쉽지 않다. 한시간 운전 후에 휴게소에 들어갔다. 빗길에 차량이 밀려 들어와 주차장을 찾기 힘든 정도다. 피로

가 밀려왔다. 졸립기도 해서 잠을 깨기 위해 휴게소에 왔다. 아침식사
가 부실해서 뭐라도 먹는게 좋겠다. 커피와 도넛을 먹고 쉬었다.

아내와 운전을 교대했다. 내 졸음이 사라지지 않아서다. 다행히 비
가 잦아들었다. 낮은 구릉의 평야가 계속되어 즐겁게 운전을 하다가
갑자기 차가 흔들렸다. 긴장된다. 바람이 세졌다. 고속도로 양쪽에 둔
덕이 있다가 개활지로 나갈 때마다 차가 휙휙 흔들리는 느낌이 든다.
아내가 놀라서 긴장했다. 평야에서 바람이 세게 부는 것이다. 계속 반
복되는 상황이어서 40분여 만에 다시 휴게소로 들어갔다. 차에서 내
리니 바람이 거세다.

건물 안에 들어와서 날씨 관련 사이트(timeanddate.com)에 들어가 보니
지금 남서풍으로 시속 50km나 된다. 그렇다. 오늘 유독 바람이 센 것
이다. 다행인 것은 우리 차에 이상이 있는 게 아니라는 거다. 어쨌든 바
람을 잘 타면서 운전하면 된다. 다른 걱정은 할 필요가 없다. 상대를 알
면 된다. 아내가 계속 운전하기로 했다. 나는 아직도 졸지 않으면서 운
전할 자신이 없다. 아내도 운전경력이 많으므로 잘 해낼 것으로 본다.

포아티에 지역에서의 세찬 바람과 씨름하며 투르(Tours) 지역으로 무
사히 들어왔다. 아직도 바람이 세게 불기는 하지만 괜찮은 정도다. 톨
비로 33.8유로를 지불했다. 이어지는 시골길을 30분 정도 달려서 앙부
아즈가 나타났다. 아내의 멋진 '승리(triumph)!'가 기록된 날이다. 총 400
킬로나 되는 거리를 성공적으로 주행해서 앙부아즈에 도착했다. 호텔
이 작고 깨끗하다. 시골 도시라서 호텔 바로 앞에 무료로 차를 세워놓
을 수 있다. 편리하다. 좁은 방에서 한시간쯤 쉬고 5시20분에 나섰다.

앙부아즈 성(Château Royal d'Amboise)

앙부아즈성이 일곱시에 문을 닫는다. 다행히 오분거리 밖에 안돼서 금방 도착했다. 입구에서 위로 올라간다. 입장료는 인당 15.5유로다. 왼쪽 다리가 아파서 조심하며 올라갔다. 앙부아즈 성은 크지는 않지만 아주 이쁘다. 전형적인 중세의 성으로서 동화 속 성채의 모습을 갖고 있다. 주변 경치는 더 훌륭하다. 짙은 회색의 지붕들이 앙부아즈 타운을 덮고 있다. 독특한 아름다움이다. 오래전에 인상깊게 봤던 룩셈부르크의 수도 뤽상부르의 건물들의 지붕이 떠올랐다. 영낙없이 같은 지붕색깔이다. 어느 면에서는 나작타운의 지붕 색깔과도 비슷하다. 마침 바람이 불고 간혹 빗발이 내려 뿌려서 주변의 풍광이 더욱 돋보이게 되었다. 여름날 늦은 오후의 앙부아즈성 주위 풍경이 성채와

[그림 37-1] <앙부아즈 성>

 권석균의 여행읽기, 프랑스 도시와 마을

[그림 37-2] <짙은 회색 지붕의 앙부아즈 타운>

완벽한 조화를 이루고 있어서 보는 이의 기분을 좋게 해준다. 이 시간에 올라오길 잘했다. 구글 검색에 나온 필명 '전북정읍김봉두'씨가 앙부아즈성에 대해 "영화에 나올법한 성이란 이런 것!! 최고입니다"라는 평을 남겼다. 그의 평가가 맞다. 영화에 나올법하게 독특한 동화적인 아름다움이 있다. 문을 닫을 시간이 가까워서 성을 내려왔다. 기념품점에서 마그넷을 하나 샀다.

아래 거리에 내려오니 성앞 광장에 레스토랑이 많고 사람들이 가득하다. 거리끝 뒤쪽에 시청사가 있어서 가봤다. 여기도 정문 위에 자유 평등 우애(Liberté Egalité Fraternité)라는 세 단어가 쓰여있다. 역시 그렇다.

단순 장식일 수도 있겠지만, 이들은 프랑스혁명 정신을 중시하고 자랑스러워하고 있다. 프랑스인의 자부심이자, 또 그만큼의 대가가 따르는 가치체계다.

저녁식사를 위해 일식당을 찾았다. 한식당은 없다. 언제부턴가 프랑스식당을 회피하는 우리다. 여행 초중반에 이런저런 이유로 프랑스 음식을 주로 먹게 된 탓에 일시적으로 질린 상태이다. 타운이 생각보다 크다. 한참을 걸어서 일식당을 찾았다. 일식을 맛있게 먹고, 보통 이상의 식당이라는 데에 아내와 공감을 이뤘다.

날씨가 추워져서 더 이상의 산책을 멈추고 호텔로 들어왔다. 왼쪽 무릎이 아파서 주무르고 쉬었다. 무릎보호대를 계속하다가 귀찮아져서 이틀째 안 했더니 심해진 거 같다. 내일은 보호대를 꼭 해야겠다.

오늘의 걷기: 10,472 걸음

**루아르 고성,
슈농소 성에서
(8월 3일)**

새벽에 다리에 쥐가 났다. 양쪽 다리 모두가 여러 차례 경직됐다. 그래서 오전에 충분히 쉬고 12시경에 호텔을 나섰다. 여행 일정을 느슨하게 하기 위해 오늘은 슈농소성에만 다녀오기로 했다. 루아르의 3대 고성에는 앙부아즈성, 슈농소성, 샹보르성이 있다. 샹보르성(Château de Chambord)은 자동차로 한시간 거리에 있으니 멀다. 왕복으로 이동시간만 두 시간이 걸린다. 우리의 체력을 보존하기 위해 샹보르성은 포기하고 슈농소 성을 관광하고서 바로 앙부아즈로 돌아오기로 했다. 나머지 일정으로는 다빈치하우스에 가보면 되겠다.

우선 무릎보호대를 했다. 옷도 껴입었다. 날씨가 변덕스럽고 춥다. 자동차 드라이브 20분만에 슈농소 성에 도착했다. 주차장이 무료다. 입장 티켓을 구입하려니, 성의 본채에는 4시15분에나 입장이 가능하다고 한다. 그 대신 성 주위를 산책할 수 있다고 한다. 무려 네 시간이 남았다. 정원이 넓고 주변 경관이 좋아서 긴 산책을 해도 되겠다 싶어서 티케팅을 했다. 점심식사도 그 안에서 하면 될 테고. 입장료는 인당 15.5 유로인데, 나는 시니어티켓으로 14유로를 내고 장원 입구로 들어갔다.

슈농소 성(Chateau de Chenonceau)의 정원

눈앞에 나타난 슈농소성이 이쁘다. 강 위에 지어서 더 이쁘게 보였다. 아마 주인의 안전을 위한 것이리라. 여섯 여인의 성이라고 불리기도 한다는데 모두 왕비가 주인이다.

주위를 대략 눈으로 둘러보고 레스토랑을 찾았다. 슈농소성 바로 옆 레스토랑에 줄이 길게 서있다. 십여분 후에나 주문할 수 있었다. 우린 시간이 많으니 느긋하다. 나쁘지 않다. 실내에 자리가 없어서 야외 테라스에 자리를 잡았다. 비가 살짝 뿌리기도 하지만 파라솔 지붕이 있어 괜찮다. 오히려 시원하다. 기대 외로 맛있다. '오늘의 식사' 메뉴 플레이트가 입맛에 맞는다. 삶은 닭고기 요리와 삶은 콩 등의 디쉬가 따뜻한 음식의 맛을 전해주었다. 그리고 바게트와 애플파이 디저트도 맛있었다. 프랑스 음식에 질렸다가 프랑스식과 일반적인 서양음식의 중간쯤 되는 점심을 먹고 보니 느낌이 새로워서 자세히 썼다. 프랑스 음식의 입맛이 다시 돌아오는 거 같다.

비가 가끔 뿌린다. 해가 나오기도 한다. 변덕스러운 날씨다. 식사를 마치고 나니 갑자기 빗발이 굵어졌다. 잠시 기다리니 다시 가늘어졌다. 무작정 기다릴 수 없어서 나섰다.

슈농소 성의 자랑인 정원을 구경했다. 카트린느 드 메디치 정원이

[그림 38-1] <디안의 정원에서 본 슈농소성>

레스토랑 바로 옆에 있다. 앙리2세의 왕비다. 카트린느는 파리의 뤽상
부르공원에 메디치 분수가 건조되는 데도 관여한 왕비다. 건너편 저
쪽에 있는 정원은 디안(Diane)의 정원이란다. 그쪽이 훨씬 크다. 당시에
그런 이름을 붙인건지 후세사람들이 이름을 붙인건지 모르겠으나 카
트린느왕비가 괜찮은 사람 같다. 앙리2세 사망 후에 애첩이자 성의 주
인인 디안을 쫓아내고 카트린느가 세번째 성주가 되었다고 한다. 그
런데 자신의 정원이 디안의 정원보다 훨씬 적으니, 디안의 정원을 그
대로 보존해줬다는 얘기다. 카트린느가 메디치가의 교양과 예법을 프
랑스에 전파한 여인이었다는 말이 설득력이 있다. 이 성과 관련된 이
런저런 얘기거리가 보는 사람들에게 재미를 더해주고 있다. 특히 계

몽시대에 많은 명사가 초대된 살롱으로도 명성이 있는 성이다.

슈농소 성 관람

입장 시간이 되어서 성채 안으로 들어갔다. 성안에는 왕과 왕비들, 그리고 이 성의 주인이었던 여인들의 방이 있다. 0층에 프랑수아1세와 루이14세의 응접실이 있고, 디안의 침실이 있다. 디안은 왕비가 아니었는데도 그녀의 방도 왕비의 방이라고 칭하였다고 한다. 1층에 올라가면 카트린느의 침실이 있고 건너편에 다섯 왕비의 침실이 있다. 다섯 왕비는 카트린느의 두 딸과 세 며느리를 말한다. 이들 모두 왕비이다. 당시 16세기에 유럽의 왕족들이 얼마나 자기들끼리 서로 혼인하였는지를 단적으로 보여주는 예이다. 2층에 가면 앙리3세의 왕비인 루이즈 드 로렌의 어두컴컴한 침실이 있다. 앙리3세가 암살된 이후 그녀는 이곳에 칩거하였다고 한다.

다시 1층으로 내려와서 메디치 갤러리로 갔다. 이 갤러리는 성의 본체에서 Cher 강을 가로지르며 길게 회랑으로 되어있다. 각종의 자료와 조형물, 그림이 전시되어 있다. 회랑의 끝 쪽에서 흥미로운 내용의 자료를 발견했다. 후일 18세기에 이 성의 주인이었던 마담 루이즈 뒤팽(Madame Louise Dupin)이 당시 계몽주의 시기에 많은 사상가와 지식인들을 초대하였다고 한다. 그중에 볼테르와 루소도 있다. 당시에 가장 아름다운 여인으로 알려질 정도였다고 한다. 그런데 뒤팽가의 가계도가 있어서 보니 증손녀 대의 후손으로 조르쥬 상드가 있다. 조르쥬 상드의 본명은 오로라 뒤팽(Aurore Dupin) 이다. 소설가로서 남장을 하고 필명을 그렇게 정해서 활동하던 그녀의 모습이 상상된다. 수많은 명사와 자유롭게 교류하고 연애하는 깨어있는 여인의 이미지가 기억난다.

그녀의 쇼팽과의 사랑의 방식도 독특하다.

슈농소 성에 하루를 붙잡혔다. 여행 일정이 바쁜 사람들은 아마 포기했을 것이다. 슈농소 성에서의 시간을 뒤로하고 앙부아즈로 돌아왔다. 비가 계속 오더니 잠깐 잦아졌다. 호텔에 돌아오니 여섯시가 넘었다. 일정이 늦어져서 다빈치 하우스는 포기했다. 아쉽다. 방에서 30분 정도를 쉬다가 어제 갔던 일식당에 다시 갔다. 다시 온 손님임을 금방 알아차리고 주인이 좋아라고 한다. 우리보고 일본사람이냐고 불어로 조심스레 묻는다. 한국인이라고 대답하자 친절하게 웃으며 인사한다. 이 집 요리 실력이 좋다. 오늘 저녁도 맛있게 먹었다.

저녁 산책을 하려고 했으나 빗발이 굵어졌다. 춥기도 하다. 포기하고 우리의 작은 호텔방으로 돌아왔다. 작지만 아늑한 방이다. 여행이 길어지니 우리의 활동성이 줄어드는 것을 느낀다. 쉬는 시간이 늘었다. 뭐 여행이 그런 거다. 움직이고 쉬고, 그리고 또 이동하고, 그런 일련의 시간이 모아져서 여행이 완성된다.

이제 내일 몽생미셸로 간다. 명성만큼 기대가 크다. 하루를 편히 마감하고 아내와 얘기를 나누면서 저녁 시간을 즐겁게 보냈다. 사실 루아르 고성에 대한 기대가 크진 않았는데, 인상적이었고 만족스럽다고 한다. 나도 그런 마음이다.

오늘의 걷기: 10,383 걸음

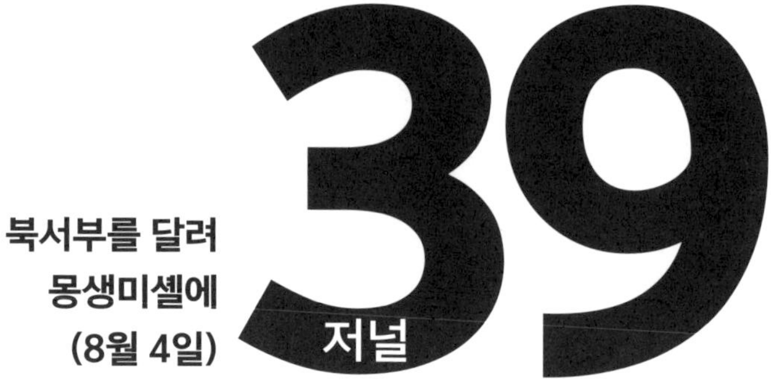

북서부를 달려
몽생미셸에
(8월 4일)

11시 출발, 네 시간을 운전하는 날이다. 북서부 평야를 가로지르고 누비는 고속도로를 달렸다. 낮은 경사의 평야가 계속 나타나고 있다. 자동차의 도시 르망을 지나며 옛날 내가 몰았던 대우자동차 [르망] 얘기를 나누었다. 가난했던 시절이다. 유학을 마치고 빈털터리였던 시절에 르망을 할부로 사서 다섯 대학에 시간강사를 뛰었다. 교수 되기가 하늘의 별 따기만큼 힘들던 시기였다. 다 지난 세월이다.

서북쪽을 향해 계속 달렸다. 시원한 평야를 달리며 젊어진 기분이 들었다. 코로나와 그 외 개인적 요인으로 인해 움직임이 최소화되었던 시기를 거쳤다. 지난 몇년간의 정적인 삶이 몸을 죽이고 있었다. 동적인 삶은 우리를 지치게 하지만 에너지를 끌어올려 준다. 살아있음을 알게 해준다. 이 여행으로 자유로워진 것뿐 아니라 몸의 활력이 되살아남을 느끼고 있다. 마음도 그렇다. 여행이 고맙다.

두 시간 만에 휴게소를 찾았다. 아직 갈 길이 멀다. 졸음이 찾아와서 아내에게 운전대를 넘겼다. 루아르 지방을 벗어나 브르타뉴 지방으로 들어섰다. 평원이 계속된다. 옥수수와 젖소 등이 더 많이 보인다. 드디어 노르망디 지방에 들어섰다. 프랑스 북서부 일대의 모습을 순차적으로 북으로 가면서 보게 되었다. 평야는 계속되고, 땅이 점차 더 평평해지는 거 같다. 비현실적인 모습의 몽생미셸이 멀리서 보인다. 주위는 계속 평야지이다.

몽생미셸(Mont Saint-Michel) 도착

오후 네시경에 목적지에 이르렀다. 가끔 헤매기도 했으나 통제구역 안쪽에 있는 호텔을 잘 찾았다. 호텔 체크인을 하고서 곧바로 챙겨입고 나섰다. 15분마다 다닌다는 버스에 손님이 꽉 찼다. 버스 한 대를 그대로 보낸 후에 두 번째 버스에는 무리해서 점프인 했다. 차 안에 있는 젊은 여자 관광객이 과도하게 짜증스러운 표정을 짓는다. 민망하기도 했지만, 기분이 좀 상했다. 아내도 기분이 좋지 않은 내색이다. 서로 이해해야 하는 게 맞을 것 같은데 그렇게 해주지 않는다.

몽생미셸 섬에 도착했다. 정말 멋지다. 버스에서 내려서 섬 쪽으로 걸어가면서 계속 사진을 찍었다. 멈출 수가 없다. 사진으로만 봐왔던 몽생미셸을 직접 눈으로 보면서 이제 내가 사진에 담고 있다. 즐겁고 신난다. 아내와 지금 여기에 함께 있음에 감사한 마음이 들었다. 섬 안쪽에 들어갔더니 엄청나게 붐빈다. 섬 입구의 길에서부터 발 디딜 틈이 없다. 깜짝 놀랐다. 온 세상에서 사람들이 밀려온 것 같다. 완전히 다국적 군대다. 사람들의 피부색, 국적, 문화권 등에서 서로 다른 모든 사람이 모여서 경연을 벌이는 것 같다. 진짜 세계적인 관광지의 모습이다.

수도원에 어찌 올라갈 수 있을지 걱정되었다. 조금 더 안으로 들어가니 조그만 투어리즘오피스가 골목 안쪽에 보인다. 일단 들어가서 뭔가를 물어봐야 했다. 안내인이 두 명 있는데, 두어명의 방문객들과 일반적인 얘기를 나누고 있다. 우리 차례가 되어서 수도원에 올라가려면 어디로 가야 하는지를 물었다. 브로셔를 주면서 가는 길을 알려준다. 필요한 정보를 얻었다 싶어서 돌아서 나가려는데, 여기서 미리 표를 사면 수도원 입구에서 바로 들어갈 수 있다고 말한다. 엥? 무슨 소리지? 당연히 구입해야 된다는 생각에, 돌아서서 입장권 두 장을 샀다. 예감이 좋다.

수도원 입구까지 헐떡거리며 서둘러 올라갔다. 입구에 정말 길게

[그림 39-1] <몽생미셸>

줄이 서 있다. 길 양쪽의 긴 줄의 가운데에 짧은 줄이 보이길래, 가서 물어보니 온라인 예약을 한 사람들이 서는 줄이다. 물론 우리가 조금 전에 구매한 표도 유효하다. 이렇게 운이 좋을 수 있다니. 덕분에 긴 줄을 서지 않고서도 수도원에 금방 들어갈 수 있었다.

그런데 이해하기 어려웠던 건 그 직원이 왜 예매표를 적극적으로 권하지 않고 대수롭지 않게 슬쩍 던지듯이 얘기했는가 하는 점이다. 명확하게 안내해주는 한국 직원들과는 참 다르다. 어이가 없기도 하다. 많이 알려지면 투어리즘오피스에 사람들이 너무 몰려올 게 걱정이 되는 건지도 모르겠다. 아내와 함께 고개를 갸웃하게 만들었다. 프랑스인의 일하는 방식에 대해 잘 모르지만, 어찌 보면 흥미롭다. 프랑스 내에서도 근무지와 근무자에 따라서 다르겠지만.

몽생미셸을 돌아보면서

몽생미셸 수도원은 다층구조라서 복잡하게 지어졌다. 먼저 계단을 타고 계속 올라가니, 맨 위 광장이 나온다. 사방의 경치가 파노라마처럼 펼쳐진다. 멀리 내려다보이는 육지와 갯벌 모두가 아스라하면서도 선명하다. 고지대 특유의 바람 부는 순간에 이 경치가 더 실감 난다. 갯벌이 넓디넓다. 우리나라 서해바다의 갯벌이 이에 비교될 수 있겠다. 교회의 첨탑이 눈앞에 있다. 이 수도원뿐 아니라 섬 전체의 꼭대기이다. 멀리서 찍어놓은 몽생미셸 사진의 뾰족한 꼭대기가 바로 눈앞의 첨탑이라는 생각을 하니 이 장면이 더 재밌게 보인다.

내려오면서 건물 안쪽으로 들어가니 성전과 채플이 있다. 보수공사 중이어서 전체를 한눈에 보기에 쉽지 않았지만, 수수함과 단아함이 조화를 이루고 있다. 옆쪽으로 나가니 아름다운 회랑이 있다. 클로이스터

[그림 39-2] <몽생미셸의 클로이스터 회랑>

회랑이 빛을 받아 신비로움을 자아낸다. 멋진 사진을 찍고, 한쪽에 걸터 앉아서 잠시 쉬었다. 멀리서 왔다. 이 순간이 실감 나지 않는다.

일어나서 다시 건물 안쪽으로 들어가니 수도사들의 회의장과 식당, 모임공간, 채플 등이 나온다. 마침 마들렌(막달레나 성녀) 채플이 있어서 배경으로 아내 사진을 찍어주었다. 그리고 계속되는 통로와 작은 방들이 아래층으로 내려가면서 끊임없이 나온다. 미로처럼 얽힌 구조다. 어느 방이 어떤 목적인지 구체적으로 알 수는 없으나 모두 기도와 수련을 위한 곳이다. 규모가 매우 크다.

이 높은 절지고도에 어떻게 이 큰 건축을 지었을까? 성전의 단단한 기둥을 만져보며 인부들의 삶이 얼마나 고통스러웠을까를 상상해봤다. 상상하기가 쉽지 않다. 여러 세기에 걸쳐 보수와 증축이 이뤄졌다. 그 긴 세월 동안에 노동의 대가, 종교적 헌신, 강요된 상황 등 복합요 인이 있을 터인데 어느 것이 더 크게 작용하여 그들의 삶을 규정했을 지 잘 모르겠다.

이 건물에서 살았을 수도사의 삶이 잘 상상되지 않는다. 추운 겨울 을 어떻게 버티고 얼마나 고통스러웠을까. 신앙에 의존한 그들의 삶 은 어떤 것일까? 문득 [위대한 침묵, Into the Great Silence]라는 영화 가 떠오른다. 알프스 산속 수도원에서 사는 수도사들의 일상을 실제 영상으로 담은 영화다. 깊은 인상을 남긴 영화였다. 사실은 극장에서 이 영화를 보다가 너무나 졸려서 상당 시간을 잤다. 그 정도의 지루하 고 단순하고 조용한 일상이다. 이곳 몽생미셸에서의 삶은 그와는 조 금 다른 것이었을까? 수도원 회랑과 회의장, 식당 등을 돌아보며 절지 고도의 수도사들의 삶을 상상해보았다.

순례자들도 끝없는 고행 끝에 이 섬에 당도했을 것이다. 상당수 사 람이 밀물로 인해 목숨을 잃었다고 한다. 차가운 바닷물의 두려움을 어떻게 이겨내며 이 섬에 왔을지를 생각해보았다. 나도 모르게 몸이 떨렸다. 지금 우리가 경탄하는 것은 몽생미셸의 겉모습이다. 실제 내 면의 모습은 잊혀졌다. 전 세계의 관광객을 끌어모으는 이 섬의 아름 다움은 당시 사람들의, 인부이건 수도사이건, 삶의 모습과는 무관하 다. 물론 순례객도 아니다. 우리는 구경꾼이다.

수도원을 벗어나 섬 아래쪽으로 내려오는 길에 성베드로교회(Église Saint-Pierre du Mont-Saint-Michel)를 만났다. 들어가서 봉헌과 기도를 했다.

오늘은 첫째 아들을 위한 기도만 했다. 그렇게 하고 싶었다. 마음이 한없이 아프다. 내가 무엇을 할 수 있단 말인가. 언제 이 상황이 해결될지 알 수 없다.

교회당 앞 레스토랑(Buffet A Volonte)에서 저녁을 했다. 허기져서 풀코스로 주문해서 먹었다. 전채요리로 나온 오이스터가 특히 더 맛있었다. 메인 플랏에서 대구요리와 스테이크도 맛있고 디저트도 모두 맛있다. 배가 고픈 때문인가? 바다를 보는 전망이라서 그런가? 아무튼 배불리 맛있게 먹고서 76유로를 냈다. 먹은 것에 비해서 가격이 싸다는 생각이 든다.

아래쪽 시내를 더 구경하기에는 이미 늦은 시간이고 날씨도 춥다. 저녁 8시반이다. 버스를 타고 호텔로 돌아왔다. 잘 돌아왔다. 계속 있었으면 감기에 들기도 십상이었다. 호텔에서 몸을 녹이고 잠시 쉬다가, 야경을 보러 다시 나섰다. 바닷바람에 날씨가 이만저만 추운 게 아니다. 일군의 일본인들이 호텔에서 두툼한 옷을 껴입고 나오는 걸 봤다. 우리도 자동차 뒤에 있던 아이슬란드 여행용 겉옷을 꺼내 입었다. 꽤 늦은 시간이다. 벌써 9시50분이다.

버스를 타고 가려고 했는데 기다리는 사람이 너무 많다. 이 늦은 시간에도 사람이 참 많다. 걷기로 했다. 30분거리이니 걸을 만하다. 야경 사진을 찍으며 걸었다. 추운 날씨지만 두텁게 껴입으니 괜찮다. 아내도 괜찮다고 한다. 어두운 야경을 보여주는 몽생미셸은 신비롭다. 쓸쓸해 보이기도 한다. 이상한 마음이 든다.

[그림 39-3] <밤에 본 몽생미셸>

밀물 시간이라서 파도가 조금씩 높아진다. 파도소리가 사위를 때린다. 조금은 무섭다. 구름이 잔뜩 끼어서 주위가 어둡다. 각자 사진을 찍고 하다 보면, 아내가 보이다가 안보인다 한다. 밤눈이 어두워진 탓이다. 그래서 서로를 정기적으로 확인하며 걸었다. 이 시간에 걷는 사람들이 꽤 많아서 가끔 놓치기도 하였다.

가까이 다가간 몽생미셸은 화려하지 않았다. 멀리서 보던 거와 똑같다. 어스름하게 밝혀진 조명에 자신의 모습을 그만큼만 보여주었다. 다행이다. 이 수도원과 수도원 마을이 조명 쇼에 노출되지 않아서 다행이다.

돌아오는 버스가 밀린다. 긴 줄을 보니 최소 두 번 정도는 못 탈 정도다. 15분마다 있다고 하니, 30분 또는 45분을 기다려야 한다. 벌써 10시 50분이다. 결국에 걸어서 돌아가기로 했다.

그리고 다시 걸었다. 다리가 아팠지만 힘내서 걸으며 어두운 밤을 가로질러 왔다.

돌아오는 긴 걸음 끝에서 나눈 대화를 호텔 방에 와서도 계속하게 됐다. 아내의 말에 어쩌다가 내가 서운함을 갖게 되었다. 그리고 일순간 대화가 닫혔다. 뭔가 답답해서, 다시 20분쯤 후에 말을 나누었다. 오해를 풀고 화해하고 잠자리에 들었다. 결과적으로 긴 하루가 되었다. 열두시가 넘었다. 내일 잠 부족으로 헤매지 않을까 걱정이다.

오늘의 걷기: 16,500 걸음

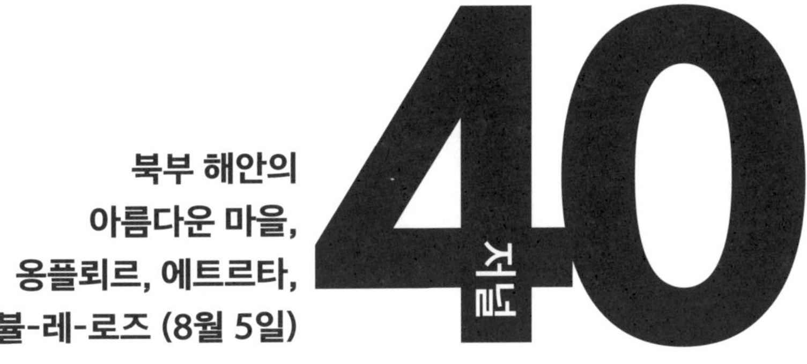

북부 해안의 아름다운 마을, 옹플뢰르, 에트르타, 뷸-레-로즈 (8월 5일)

아침에 답답한 마음에 산책을 나왔다. 몽생미셸이 어제와 똑같은 모습으로 (우뚝) 그 자리에 있다. 천 년간 저렇게 있다. 앞으로 또 천 년 간 저대로 있을까? 잘 상상이 되지 않는다. 차가운 새벽 공기가 내 얼굴을 때린다. 답답함이 좀 걷힌다. 이런저런 상념에 잠겨있다가 갑자기 아내가 걱정되었다. 뛰어 들어갔다. 다행히 아내가 씻는 중이다. 마음이 놓였다.

옹플뢰르(Honfleur)

조식을 간단히 먹고, 내가 30분 정도를 다시 잤다. 새벽에 일어나 뒤척여서 잠이 많이 부족해서다. 운전 중 졸게 되면 큰일이다. 먼길 주행을 아내에게만 맡길 수 없다. 결국 11시에 출발했다. 두 시간 주행 끝에 옹플뢰르에 도착했다. 아내와 번갈아 운전했다.

옹플뢰르는 자그마한 항구도시다. 도착하니 비가 뿌린다. 점심부터 먹어야겠다. 항구 바로 앞 레스토랑에서 노르망디 오이스터와 홍합요리를 시켰다. 어제 몽생미셸에서 오이스터를 맛있게 먹었기에 다시 전채요리로 시켰다. 메인으로는 아내는 와인-홍합요리, 나는 크림-홍합요리를 시켜서 먹었다. 맛있다. 클레르몽페랑의 마들렌 식당에서 맛있게 먹은 홍합요리가 기억나서 즐거움이 더했다. 좋은 다이닝을 한 후에 시내를 걸었다.

거대한 바다, 대서양(영국해협)은 이쪽 항구에서는 보이지 않는다. 요트 피어가 있는 항구 안쪽이 예쁘다. 놀랍게도 한국 여행객이 꽤 보인다. 이곳까지 오는 사람들은 누굴까 궁금해진다. 한국인 가이드가 무작정 데려온 거 같기도 하다.

시내 안쪽으로 더 걸어가니 구시가지 건물이 이쁘다. 걷다가 비가 쏟아져서 건물 창 안쪽으로 들어갔다. 조금 있으면 또 그친다. 차없는 거리를 잠깐 돌아보고 나오니 생트 까트린느 성당이 있다. 목조건물의 작고 이쁜 성당이다. 천장이 엎어놓은 배 모양이다. 뱃사람들이 사

[그림 40-1] <북쪽 항구 옹플뢰르>

는 마을이 맞다. 알고보니 도시가 천년이나 되었다.

점심 후 우리부부는 제자리를 찾았다. 이미 시간이 충분히 흘렀기 때문이다. 조그만 이쁜 항구에서 함께 있는 것만으로 화해의 빌미는 이미 충분한 것이다. 그리고 시내 산책에 우리는 손을 잡고 여기저기 돌아다녔다. 사랑의 따뜻함이 그녀의 손에서 전해져온다.

옹플뢰르에서 예상외로 많은 시간을 썼다. 이 작은 도시를 세시간 만에 떠난다. 우리를 붙잡는 무언가가 있는 도시다.

옹플뢰르를 빠져나와 노르망디 대교를 만났다. 뭐라 말할 수 없는 감회가 인다. 2차 세계대전의 노르망디 상륙작전! 그 역사의 순간이 떠오른다. 영화 속 장면이 운전중 내 머릿속을 스친다. 노르망디 대교 는 생각보다 길었다. 아내가 동영상을 멋지게 찍었다. 그다음에 다리 가 또 이어진다. 운하를 건너는 다리를 타고 급속한 경사로 올라가는 데 속도제한이 시속 90킬로다. 맙소사(My goodness!), 이 급경사에 90킬 로라니. 고소공포증이 있는 나는 50킬로로 달렸다.

에트르타(Étretat)

빗길을 뚫고 에트르타에 도착했다. 여러 화가가 찾았던 곳이다. 그 냥 바닷가라고 생각했는데, 꽤 규모가 되는 마을이 있다. 마을 끝까지 들어가서 유료 주차를 하고 내리니 곧바로 해안이 있다. 에트르타 해 안이 스펙터클 하다. 쿠르베 등 화가들의 그림에 등장하는데, 기억이 어렴풋하다. 오르셰 미술관에 다시 가는 날에 에트르타 그림들을 자 세히 찾아봐야겠다.

[그림 40-2] <비바람 치는 날의 에트르타>

　오늘의 최종목적지인 장미의 마을, 뷸 레 로즈를 향해 출발했다, 일곱시반에 도착할 예정이다. 가는 길에 계속 비가 온다. 해안 안쪽으로 계속 이어지는 길이 예사롭지 않다. 빗살이 뿌려지니 영화 [남과 여]가 생각이 난다. 1966년 작품인 이 영화는 프랑스 영화의 진수를 보여준다. 흑백의 화면 속에 상처입은 남녀 주인공의 사랑이 잔잔하게 펼쳐지는 멋진 영화이다. 세부 스토리는 잘 기억나지 않으나 엇갈리는 상황에서 안타까워하는 주인공들의 심리가 지금도 느껴진다. 영상미가 탁월하고 주제음악이 오래 기억에 남는 낭만적인 영화다. 사춘기 시절에 이 영화를 보고 가슴떨려 했던 기억이 아직도 새롭다. 이 영화의 주요 촬영지인 도빌(Deauville)이 근처에 있다. 그때보다 더 영화적인 장면이 눈앞에 펼쳐졌다. 영화 주제가를 함께 흥얼거리며 달리니 지루함이 사라졌다. 원래 시골길은 가도 가도 끝이 없다. 한참을 달리고 주행거리를 보면 별로 간 게 없다. 그런 시골길을 이번에는 지루하지 않게 달렸다.

가는 중에 숙소 정보를 다시 살펴보니 일곱시 이후에 체크인하는 경우에는 본인이 알아서 입소해야 한다고 되어있다. 가던 길에 리셉션 담당자에게 전화했다. 이메일로 숙소 키를 안내받았다. 마음이 놓였다. 늦은 시간에 비가 오는 시골길을 달리는 적막한 상황이지만, 우리의 마음만은 설렘으로 차 있었다.

뷸 레 로즈(Veules-les-Roses)

드디어 뷸 레 로즈에 들어섰다. 장미꽃이 많이 보이는 예쁜 마을이다. 호텔 앞 길가에 주차하고 무사히 체크인했다. 호텔이 놀랍다. 중정이 있는데 꽃을 심어놓아 이쁘다. 그리고 우리 방에 가는 길에는 투명한 물길이 있다. 수량이 많고 유속도 빠르다. 일본의 고급 료칸을 지나며 흐르는 물길과 같다. 그보다 더 크고 깊은 시냇물인데, 비슷한 정취가 난다.

곧바로 해변까지 산책에 나섰다. 장미마을인데 이름만큼 이쁘다. 집집마다 장미가 있다. 건물도 벽돌을 장미처럼 빨강과 밝은 회색을 섞어서 이쁘게 만든 집이 많다. 7~8분 정도를 걸어서 마을 끝에 도착했다. 바다가 나타났다. 놀랍다. 파도가 거세고 바람이 강하다. 몸이 흔들릴 정도다. 영국해협의 파도가 세차다. 정복왕 윌리엄이 어떻게 이런 거친 바다를 건너 잉글랜드로 갔을까. 거친 바다다. 하긴 더 큰 북해를 가로질러 잉글랜드도 가고 이곳 노르망디로 내려왔던 바이킹의 후손이니, 영국해협을 건너는 것쯤은 별거 아닐 수도 있었겠다. 여하튼 위험을 거스르는 대단한 위인들이다. 해변 양쪽에 깎아지른 절벽이 있다. 에트르타 절벽보다 더 높고 더 크다. 내일 아침에 절벽 아래쪽까지 산책을 해봐야겠다. 바닷바람이 더 거세졌다. 어두워지기 전에 호텔로 돌아왔다.

드디어 라면을 끓여 먹었다. 아파트먼트형 호텔이라서 부엌이 있다. 여행 내내 어쩔 수 없이 갖고만 다니던 신라면을 이 결정적인 순간에 끓여서 먹을 수 있었다. 소소한 기쁨이 이만저만이 아니다. 늦은 시간에 식사를 마치자마자 잠이 쏟아졌다. 그냥 쓰러져 잤다.

오늘의 걷기: 10,715 걸음

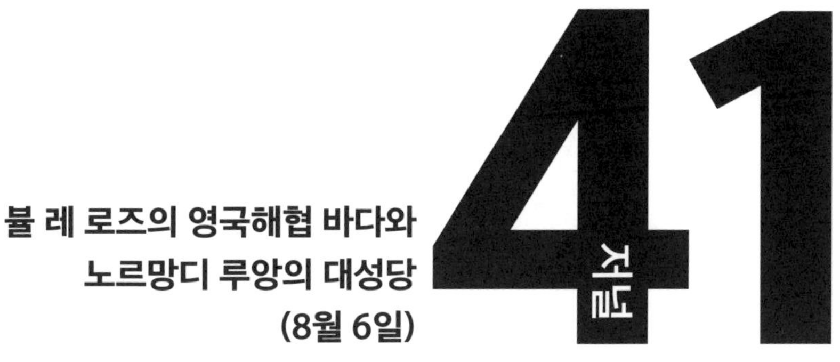

뷸 레 로즈의 영국해협 바다와
노르망디 루앙의 대성당
(8월 6일)

자동차여행의 마지막 날이다. 20박21일 여행의 21일차 날이다. 호텔이 이뻐서 발길이 떨어지지 않는다. 하루쯤 더 쉬어갔으면 하는 마음이다. 아내는 이 호텔의 아기자기하고 섬세하게 디자인된 모습이 무척 맘에 드는 모양이다. 10시30분에 체크아웃을 했다.

장미마을을 거닐면서 바다로 갔다. 아름다운 마을이 어제와 똑같다. 언제나 이렇게 아름답게 있으리라. 마을 복판에 있는 성당에 잠시 들릴까 망설이다가 그대로 통과했다. 어서 바다가 보고 싶어서다.

해변에 이르니 파도 소리가 들린다. 우리 호텔을 관통하는 물길이 해변에까지 이어져 맑은 물을 쏟아내는 것이 보인다. 수량이 꽤 많지만 광활한 바다에 이르는 작은 물줄기에 불과하다.

바닷가로 내려갔다. 모래가 부드럽고 푹신하다. 백사장이 넓고 길게 펼쳐져 있다. 규모가 부산 해운대의 대여섯 배는 되는 것 같다.

　드넓은 바다가 파도와 절벽으로 이루어져 있다. 어른, 아이들이 흩어져 움직이고 있다. 아름다운 광경이다. 문득 나도 바다에 발을 담가 보고 싶어졌다. 신발을 벗고 바지를 걷고서 바다로 갔다. 마음이 갑자기 흐트러진다. 일정이 지체될 것 같아서 잠시 주저했지만 괜찮다. 원래 계획된 방문지, 모네의 도시 지베르니를 포기하기로 했기에 여유가 있다. 바다에 발을 담그니 시원한 쾌감이 발과 다리를 타고 올라와서 내 마음을 적셔준다. 엔돌핀이 확 올라가는 것을 느꼈다. 아내에게 들어오라고 했다. 주저하더니 조심스레 기꺼이 신발을 벗고 온다. 아내도 원했던 것이다. 손을 잡고 바다에 들어갔다. 즐겁다. 어린아이처럼 신나는 마음을 어쩔 수 없다. 파도 바람에 실려 얕은 물보라가 튄

[그림 41-1] <뷸 레 로즈의 비치와 절벽>

다. 얼굴을 스치는 감촉이 좋다.

　물 밖으로 나와서 모래 위에 놓은 신발을 들고 해안가로 갔다. 웅덩이에서 씻고 해안 절벽 쪽으로 갔다. 비치 양쪽에 절벽이 있는데 우리는 가까운 동쪽 절벽으로 향했다. 절벽에 가까이 가보니 엄청나게 높다. 절벽의 각도가 정확히 90도다. 아니 그 이상의 수직 절벽이다. 여러 지층 색깔이 드러나서 그림처럼 보인다. 아내를 그 속에 담아서 사진과 동영상을 찍었다. 나도 찍었다. 그렇게 우리의 기억을 기록하였다.

　여행의 마지막 순간을 한껏 마음에 담았다. 그간의 바쁜 이동을 뒤로하고 아내와 즐거움을 맘껏 나누었다. 그런 내 마음을 아는 듯이 바다가 우리를 감싸 안아주었다. 이 순간이 영원하리라. 내 남은 삶의 기간을 생각해보았다. 그리고 너무나 당연하게 다시는 오지 못할 이 바다가 영원히 남아있을 거라는 생각에 짧은 인생을 돌아보게 된다. 내 삶의 이 순간에 여기에 있을 거라고 누가 상상이라도 할 수 있었겠는가. 내 삶의 여정이 어디에 닿을지 모르고 사는 게 우리 모두의 숙명이 아니던가.

　시간이 많이 지체되었다. 아쉬움을 뒤로하고 떠날 시간이다. 자꾸 뒤를 돌아보게 된다. 돌아보다가 해안구조대의 건물에 서 있는 깃발의 깃대와 정확히 평행선을 그리는 절벽이 보인다. 이 절벽이 정확히 90도 수직으로 되어있음을 보여주는 증거다. 이를 증빙 사진으로 남겼다. 의기양양한 나를 보며 아내가 웃는다.
　특별한 기록으로 남겨진 바다를 돌아보다가 돌아서기를 반복했다. 낯선 해변이 마치 친숙했던 곳으로 생각되어서, 떠나는 아쉬움이 만들어졌다. 자연의 힘일까 아니면 내가 만든 감상의 여운일까.

도시를 벗어나 노르망디 평원을 달렸다. 일 드 프랑스와 부르고뉴 평원에 못지않게 드넓다. 어제와 다른 분위기의 자연이다. 영화 [남과 여]가 밝은 분위기로 바뀌었다. 노르망디의 풍요로움이 모습을 드러냈다. 프랑스 명화 중 하나인 [남과 여]는 무려 53년 후에 다시 찍었다. 리메이크가 아니고, 주인공들이 80대의 노년이 되어 다시 만나는 영화다. [남과 여: 여전히 찬란한]이라는 제목으로 2019년 영화이다. 당시의 남녀 주연 배우인 장루이 트린티냥과 아누크 에메가 할아버지와 할머니가 되어서 다시 출연하였다. 주인공 할아버지가 치매이고, 요양병원에 있다. 남자(할아버지)의 아들이 찾아와 부탁해서 여자(할머니)가 요양병원을 방문하면서 시작되는 얘기다. 젊은 날의 추억을 돌아보게 해주는 영화다. 지난해에 고인이 된 트린티냥은 명화 [아무르]에서 반신불수가 된 노년의 아내를 돌보는 남편의 역할로도 명연기를 펼쳤다. 내가 좋아하는 배우이다.

영화 [남과 여]의 내용과 주제음악, 그리고 출연 배우에 대해 생각나는 만큼의 얘기를 나누면서 노르망디의 평원을 달렸다. 평원을 가로지르며 '자로 잰' 직선도로를 달렸다. 나는 이를 '자로 잰듯한' 길이 아니고 자로 잰 길이라고 표현한다. 왜냐면 오차 없이 일직선으로 쭉 뻗도록 잘 측량된 길이기 때문이다. 덜컹거림이 전혀 없는 잘 포장된 도로가 인상적이다. 주일날 오후 텅 빈 로컬도로와 고속도로를 거침없이 달렸다.

루앙(Rouen)

한 시간 만에 노르망디의 중심도시 루앙에 도착했다. 오후 한시다.

[그림 41-2] <루앙 대성당의 파사드>

대성당 앞 주차장에 차를 세웠다. 주차비를 정산하고 곧바로 루앙 대
성당(Cathédrale Notre-Dame de Rouen)으로 갔다. 옆으로 돌아가면 모네의 연
작 그림에 나오는 루앙 대성당의 전면 파사드가 있다. 파사드가 웅장
하면서도 섬세하고 화려한 멋을 담고 있다. 지역의 위세를 과시하기
위해 크게 만들었으리라. 여러 각도에서 사진을 찍어서 보았다. 엊그
제 오르세에서 봤던 모네의 그림과 우리 사진을 비교해보기 위해서
다. 한 컷에 잘 안 들어간다. 광장 끝에서 최대로 뒤쪽으로 누워서 찍
었더니 한컷에 겨우 담을 수 있었다.

대성당 안에는 여러 성인과 역사적 인물들이 모셔져 있는 동상들
이 있다. 동상들이 다소 투박하다. 혹시 롤로의 동상이 있는가 찾아보

앉으나 발견하지 못했다. 스테인드글라스가 유명하다고 하는데, 약간 어두운 느낌이 든다. 원래 그러하거나 북쪽 지방이어서 햇살이 약간 어둡거나 하기 때문이다. 스테인드글라스가 숫자는 많지 않으나 규모가 꽤 크게 만들어졌다. 보수공사를 크게 하고 있어서 제단 뒤쪽은 가볼 수 없었다. 성전 구경을 마치고 나오기 전에 봉헌초를 두 개 사서 아내와 함께 봉헌하고 기도를 드렸다. 자동차여행을 무사히 마치게 해줌에 감사드렸다. 사실 걱정이 좀 될 정도로 긴 여행 일정이었고 이동 경로도 복잡다단하였다. 무사고로 잘 마치고 있음에 어찌 감사드리지 않을 수 있을까.

점심은 생 마클루 성당(Église catholique Saint-Maclou) 인근에 있는 햄버거 체인 맛집 Holy Moly에서 간단히 먹었다. 곧바로 성당으로 갔다. 앞 광장에 사람들이 꽤 많다. 멋진 고딕건축이다. 대성당보다는 작지만 다른 볼 만한 요소들이 있다. 내부를 재밌게 돌아보고 나왔다. 광장에서는 북유럽식 집들의 거리가 성당 주위 사방으로 뻗어있다. 건물의 모양이 독일 북부도시 고슬라와 벨기에 북부 항구도시 브뤼헤의 집들과 유사하다.

센강으로 걸어갔다. 파리에서 이곳까지 구불구불 흘러왔다. 루앙의 센강은 완만한 곡선으로 시내를 통과하고 있다. 별다른 특징은 보이지 않으나 북쪽 프랑스의 역사를 품고 있다. 역사를 통해서 바라보니 이 강이 특별한 감회를 불러일으켜 준다.

센강을 마지막으로 루앙 관광을 마쳤다. 원래 일정에 있던 지베르니는 가지 않기로 했으니 이제 곧바로 파리로 귀환하면 된다. 루앙이 우리의 마지막 방문 도시가 되었다. 파리까지는 두시간의 거리다. 아직 세시반이니 넉넉한 일정이다. 주차장에서 대략 짐 정리를 마치고 출발했다. 파리에서 호텔 앞에 임시주차를 할 때 짐을 옮기기 쉽게 하기 위해서다.

파리 귀환

파리에 6시에 들어왔다. 되돌아온 파리는 여전히 복잡하다. 일요일 오후임에도 불구하고 차도 많고 길이 복잡하다. 시내를 조심스레 주행해서 호텔이 있는 베르시(Bercy) 지역으로 갔다. 6시20분에 호텔 근처까지 왔다. 다소의 시행착오 끝에 30분 만에 체크인했다. 베르시 지역에 저가 호텔을 예약했더니 주차 등 복잡한 일이 한두가지가 아니다. 그래도 여행비 절감을 위해 이 정도 고생은 아무것도 아니다. 젊은 이들은 몸으로 때우는 일이 얼마나 많은가.

호텔에서 20분가량 잠깐 휴식 후 차량반납을 위해 곧바로 나섰다. 벌써 7시20분이다. 거리는 가깝지만 극심한 도심 혼잡으로 시간이 꽤 걸리는 것으로 나온다. 실제로 엄청나게 막혔다.

고생 끝에 렌터카 반납이 끝났다. 오후 8시20분이다. 8시30분이 반납 시간이었으니 아슬아슬했다. 좀 늦어도 별일은 없었겠지만 다행이다. 리옹역 부근에서 트래픽이 극심했지만, 여유시간을 충분히 둔 덕분에 그나마 제시간에 반납할 수 있었다.

해방감이 밀려왔다. 자동차여행의 마지막이 다가오니, 온갖 걱정이 생겼다. 혹시라도 접촉사고가 나면 어쩌나, 교통 위반에 걸리면 어쩌나 등등 쓸데 없는 걱정과 초조한 마음이 일었다. 이제 모두 끝났다. 아내와 하이파이브를 했다. 와, 해냈다. 복잡다단한 일들을 다 해결하면서 드디어 20박21일의 자동차여행을 마쳤다. 긴 여정이었다. 주행거리로만 3,700킬로다. 26개 도시를 찾았다. 그중에 22개가 소도시였다. 프랑스의 내밀한 속을 들어가 보았다. 잊지 못할 특별한 경험이었다.

차량반납을 마치고 호텔로 돌아오는 길이 험난했다. M14 고속지하철이 노선보수 공사 중이어서 운행중단이다. 여름휴가 기간에 8월14일까지 전면공사란다. 그래서 차량을 반납하러 가는 길이 그렇게 막혔던 거다.

M14는 고속철이라서 매우 빠르고 편리하다. 베르시(Bercy) 지역은 M14 의존도가 높은 동네다. 혹시나 해서 지하로 내려가 봤더니 M14 안내표에 크게 X를 해놨다. 리옹역에서부터 호텔까지 걷기로 했다. 25분거리다. 아직 어둡지 않으니 걸을만하다. 여행으로 단련이 되었다.

리옹역을 빙돌아서 걷다가 우연히 베르시 가는 버스를 발견했다. 반대 방향이어서 그냥 지나치다가, 돌아서서 안내원에게 물었더니 타라고 한다. 웬 횡재냐 싶어서 얼른 탔다.

그런데 오래 걸렸다. 극심한 혼잡의 리옹역에서 버스가 U턴하는 데만 5분 걸렸다. 리옹역을 벗어나는 데 이래저래 20분가량 소비하였다. 앞으로 3일이 걱정이다.

리옹역을 벗어난 버스가 드디어 속도를 내고 달린다. M14 지하철역 근처만 정차한다. 우리는 베르시역을 지나서 두번째역인 생테밀리옹(광장)역(Cour Saint-Emilion)에서 내렸다. 헷갈린다. 뜬금없이 생테밀리옹역이라니. 서울 시내 지하철역 이름이 전주역인 것과 마찬가지다. 헷갈리지 않는가. 하긴 엄청나게 큰 리옹역도 있다. 우리가 자동차로 간 프랑스 제3의 도시 리옹이 파리에 리옹역(Gare de Lyon)으로 있다.

베르시 빌리지 식당 지역에서 저녁식사를 했다. 젊음의 지역이다. 잘 장식된 야외와 온갖 식당이 들어서 있다. 밥보다 술을 파는 게 더 주 사업인 거 같다. 인근에 마땅한 한식당이 없어서 다시 베트남식당을 찾았는데, 음식이 짜고 맛없어서 고전했다. 대충 먹고 나왔다. 신흥지역이라서 아직 안정되지 않은 건가 하는 생각이 든다.

긴 하루였다. 해방감과 함께 피로가 밀려왔다. 기분 좋은 피로다. 호텔 방의 창문에 에펠탑이 있다. 파리에 돌아왔다.

오늘의 걷기: 13,372 걸음
22일간의 걷기 총계: 281,416 걸음

프랑스에 대하여

프랑스 도시와 마을 여행을 하는 동안에 겪어본 프랑스에 대한 이런저런 느낌을 생각나는 대로 적어본다.

첫째, 프랑스 곳곳의 화장실이 모두 깨끗하다. 우리나라 공공건물의 화장실에 못지않게 잘 관리되고 있다. 그리고 대부분 공짜다.

둘째, 안전하다. 세계에서 가장 안전하다고 평가되는 우리나라와 일본에는 못 미칠지 모르겠지만, 우리가 여행 기간에 겪어본 바로는 안전하다. 신체적 위협을 느껴보지 못했으며, 도둑의 위협도 없었다. 파리 시내에서 느낄 수 있는 불안감을 파리를 벗어나서는 거의 느낄 수 없었다.

셋째, 감자튀김과 바게트빵이 맛있었다. 어느 빵집이나 식당에 가더라도 기본 빵이 맛있다. 그리고 프렌치프라이라고 하는 감자튀김이 미국에서와는 달리 큼직하고 맛있다. 오리지널이 이런 건가 싶다.

넷째, 예의가 바르고, 에티켓이 발달되어 있다. 주차장 출차 양보 등 생활 일상에서 에티켓이 발달한 거 같다. 유학 초기 시절에 미국에서 "Thanks!"라고 말할 타이밍을 놓쳐서 스트레스를 받았다. 서양에서는 일반화된 에티켓이 중요하다. 프랑스에서는 아직 에티켓 문화가 남아있는 거 같다. 젊은이들이 특히 상냥하고 쿨하다. 시골에서도 젊은이는 스스럼없이 예의 있게 행동하는 것을 자주 봤다.

다섯째, 다양성의 사회이다. 총인구 6800만 중에 이민자 700만, 이민자 2세 700만이라고 한다. 인종과 민족 배경으로 보아도 다양한 사회다. 흑인이 550만으로 8%에 이르고, 비흑인 아랍계 북아프리카인이 600만으로 9% 정도라고 한다. 흑인 비율이 미국에 이어 두 번째로 높은 나라다. 여러 아프리카 국가들과 식민역사로 얽혀있어서 이민자가 많다. 다양성이 아주 높은 나라이다. 게다가 전 세계에서 관광객이 밀려오니 다양성이 더 커진다.

한편, 시골 소도시에 가니 압도적으로 백인이 많다. 우리를 생소하게 쳐다보는 경우가 종종 있었다. 그래도 크게 의식되는 만큼은 아니었다. 이미 이들 마음에 개방성이 자리잡고 있는 게 아닌가 싶었다.

프랑스 소도시 여행 일지

(일드프랑스, 부르고뉴 4박)

7/17(월) 10am 파리 리옹역 출발, 오베르 쉬르 우아즈, 프로뱅(Provins) 〈Le Cesar〉

7/18(화) 오세르(Auxerre), 베젤레(Vezelay) 〈SY La Terrace〉

7/19(수) 스뮈르 앙 오수아(Semur-en-Auxois), 디종(Dijong) 〈Hotel Des Ducs〉

7/20(목) 본느(Beaune, 1박), 〈IBIS Beaune Centre〉 [와인투어, 2:30-5:30pm]

(론알프, 오베르뉴 3박)

7/21(금) 안시(Annecy) 〈Hotel du Palais de L'Isle〉

7/22(토) 리옹(Lyon) 〈Best Western Saint Antoine〉

7/23(일) 클레르몽-페랑(Clermont-Ferrand) 〈5&5 Rooftop〉

(도르도뉴, 미디피레네 7박)

7/24(월) 〈N89〉 볼껑 도베흐니으 자연공원(Parc naturel régional des Volcans d'Auvergne), 꽁끄(Conques), 로카마두르(Rocamadour) 〈Hotel Bellvue〉

7/25~26(화·수) 사를라 라 카네다(Sarlat-la-Caneda) 〈La Couleuvrine 2박〉

　　　1일차: 라 로크 가작(La Roque-Gageac), 샤또 드 베이냑(Chateau de Beynac)

　　　2일차: 라스코2(Lascaux II), 레제지(Les Eyzes, 선사박물관)

7/27(목) 생 시르크 라포피(Saint-Cirq-Lapopie), 나작(Najac) 〈L'Oustal Del Barry〉

7/28(금) 꼬흐드 쉬르 씨엘(Cordes-sur-Ciel), 툴루즈(Toulouse) 〈Hotel Albert 1er〉

7/29~30(토·일) 루르드(Lourdes) 〈Hotel Padoue 2박〉

(대서양연안, 루아르 4박)

7/31~8/1 (월·화) 보르도(Bordeux) 〈Quality Hotel, 2박〉

[Chateaux & Terroirs, 1:30-6:30pm] 생테밀리옹(Saint-Emillion)

8/2~3 (수·목) 앙부아즈(Amboise) 〈Hotel Le Blason, 2박〉

*루아르 고성: Ambroise, Chenonceau

(노르망디 2박)

8/4 (금) 몽생미셸(Mont Saint-Michel) 〈Le Relais Saint Michel〉

8/5 (토) 옹플뢰르(Honfleur), 에트르타(Etretat),

뷸 레 로즈(Veules-les-Roses) 〈Relais Hotelier Douce France〉

8/5 (일) 루앙(Rouen), 파리 리옹역 귀환, 렌터카 반납

프랑스 여행 경로

영국 해협
룩셈부르크
리에주
Liège
Köln
건지 섬
저지섬
캉
Caen
루앙
Rouen
파리
Paris
생말로
Saint-Malo
베르사유
Versailles
스트라스부르
Strasbourg
렌
Rennes
르망
Le Mans
프라이부르크
Freiburg im
Breisgau
로리앙
Lorient
낭트
Nantes
엉제
Angers
투르
Tours
디종
Dijon
바젤
Basel
레 사블
르돌론느
Les Sables-d'Olonne
푸아티에
Poitiers
프랑스
로잔
Lausanne
스위
라로셸
La Rochelle
리모주
Limoges
클레르몽페랑
Clermont-Ferrand
리옹
Lyon
제네바
Genève
보르도
Bordeaux
그르노블
Grenoble
튜린
Torino
빌바오
Bilbo
바욘
Bayonne
툴루즈
Toulouse
몽펠리에
Montpellier
마르세유
Marseille
모나코
도노스티아
Donostia
카르카손
Carcassonne
페르피냥
Perpignan
고스
jos
비토리아
Gasteiz
팜플로나
Pamplona
안도라

2부. 막간의 파리, 루브르와 오르세에서

프랑스 소도시 여행과 아이슬란드 여행의 막간이다. 허브 도시인 파리에 돌아와서 휴식을 취하며, 루브르와 오르세를 다시 방문했다. 그동안 전 세계의 박물관과 미술관을 칠십여 개를 넘게 다녀봤지만, 루브르와 오르세는 단연 최고다. 막간의 일정에 다시 찾은 이유다.

42

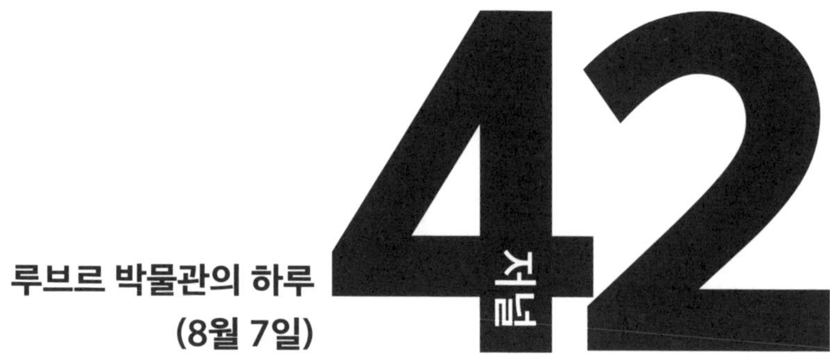

루브르 박물관의 하루
(8월 7일)

여행은 계속된다. 원래 오늘은 빈 날이었다. 오늘부터 이틀간 이곳 베르시 지역에서 쉬는 일정이었다. 다행히 인터넷 예매가 되어서 오늘은 루브르 박물관, 내일은 오르셰 미술관에 갈 수 있게 되었다. 루브르는 여행 7일차인 7월3일에 다녀왔었다.

밀린 빨래를 먼저 해야 했다. 몽파르나스역 근처에 빨래방이 있는 걸 확인했다. 급하게 샤워하고 8시50분에 호텔을 나섰다. 아내는 나중에 합류하기로 했다. 백팩에 빨래를 잔뜩 담아서 매고 일단 13분 걸리는 베르시역까지 걸어갔다. 이 모든 복잡함이 M14 노선의 정비 때문에 비롯된 것이다.

M7을 타고 몽파르나스역 인근의 빨래방을 잘 찾았다. 기계 조작에

헷갈려서 머뭇거리고 있다가 프랑스인의 도움을 받았다. 30대 후반으로 보이는 여성이다. 설명서가 모두 프랑스어로 쓰여 있어서 헷갈린다. 이 친구가 친절하게 가르쳐줘서 고마웠다. 길 건너편 브라세리에 조식을 먹는 데서 다시 만났다. 빨래방에 돌아오니 먼저 나갔던 그녀가 혼자 있다. 옆에 앉아서 이런저런 얘기를 나누었다.

원래 프랑스 사람인데 지금 교토에서 일하고 있다고 한다. 7년째 가족과 함께 일본에 살고 있으며 프랑스 방문 중이다. 아이 둘은 지금 할머니가 있는 몽펠리에 인근 시골에 있고, 남편과 함께 잠시 파리에 올라왔단다. 일종의 휴가를 받은 셈이라고 말하며 웃는다. 아이들로부터 해방되는 시간을 가지는 게 젊은 부부에겐 휴가다. 큰아이는 딸이고 프랑스학교에 다니고 둘째는 아들인데 일본학교에 보냈더니 일본말을 곧잘 한단다. 오랜만에 고향에 와서 사촌 다섯 명과 소, 큰 돼지, 닭 등을 보며 신났다고 한다. 한국 일본 프랑스 여름 날씨 차이에 대한 얘기도 나누었다. 그리고 맛있는 프랑스 바게트빵에 대해서도 얘기했다.
　얘기를 나누는 중에 그녀의 빨래가 일찍 끝나서 먼저 떠났다. 서로 정중한 인사를 나누고 헤어졌다. 다음에 서울에 꼭 여행해보라고 말했다. 그러겠다고 한다. 착하고 다정한 친구다. 행복하게 잘 살기 바란다.

조금 있으니 미국인 두 명이 들어온다. 어리버리 하길래 내가 좀 가르쳐줬다. 엄마와 딸로 보인다. 흑인 여성들인데 아주 명랑하고 밝다. 물어보니 지난 목요일에 왔고 내일 화요일에 바르셀로나로 간단다. 모녀간 즐거운 여행이 보기 좋다. "파리에서의 모든 순간(every moments)을 즐겼다!"라고 하니 더 행복해 보인다.

요즘 파리에 미국인 여행객이 많이 보인다. 아까 내가 처음 오자마자 나갔던 사람들도 모두 미국인이었다. 유로화의 달러 대비 환율이 많이 떨어진 이유일까? 미국과 유럽의 경제력 격차가 커진 때문일까? 미국이 그 자체로 세계라는 미국인의 인식에 변화가 생긴 걸까? 아니면 단순히 사람들이 해외여행을 많이 하는 추세가 반영된 걸까? 여러 이유가 있겠다.

내 빨래가 끝났다. 뽀송뽀송한 옷가지를 백팩에 우겨서 넣었다. 다 들어간다. 온종일 이대로 매고 다니면 되겠다. 남들이 보면 온갖 여행용품이 들어있는 줄로 알겠지만 빨래옷만 가득히 든 백팩이다. 그걸 생각하니 왠지 기분이 좋다. 몽파르나스를 뒤로하고 루브르로 향했다. 지하철 한번 타면 된다. 시내는 교통이 정상으로 돌아가고 있다. 루브르 가는 길이 쉽다.

아내가 루브르까지 오는데 애먹었다. 말 그대로 산 넘고 물 건너서 왔다. 루브르 앞 광장에서 서로를 찾는데도 시간이 또 쓰였다. 여유 있으리라 생각했는데 벌써 열두시가 넘었다. 곧바로 열두시반 예약자들의 줄에 가서 섰다. 지난번 비 예약자 줄에 서서 땡볕을 그대로 맞으며 고생을 했던 때가 생각난다. 준비된 행동이 편리를 준다.

루브르에 들어섰다. 여전히 붐빈다. 오늘은 천천히 보는 날이다. 드농관으로 들어갔다. 먼저 조각품을 보았다. 16세기 이탈리아 작품들이 주를 이룬다. 곧바로 미켈란젤로의 죽어가는 노예(The Dying Slave, 1513-1515)와 저항하는 노예(The Rebellious Slave, 1513-1515)가 나타났다. 놀라운 작품이다. 교황 율리우스 2세의 무덤에 순장용으로 만들어졌다니, 이를 어떻게 받아들여야 할지 모르겠다. 그 저 미켈란젤로의 천재성에 감탄할 따름이다. 미켈란젤로의 모든 작품은 인체의 구조와 근육, 힘줄 등을 끊임없이 데생으로 그려보면서 연구했던 엄청난 노력이 반영된 것이기도 하다. 집념의 노력과 천재적 재능이 결합된 작품들이다. 이 두 작품도 그 결과물로서 손색이 없다. 작품도 예술가도 모두 멋지다.

[그림 42-1] <미켈란젤로의 죽어 가는 노예>

그리고 여러 조각 작품이 전시되어 있다. 롬바르디의 히드라 때려잡는 헤라클레스(Hercules Slaying the Hydra), 잠볼로냐의 나르는 머큐리(Mercury in Flight) 등이 눈길을 끌었다. 그 외에 프쉬케와 에로스 등의 조각도 있다. 격투기 모습의 부조도 있다. 이어서 고대 로마의 조소 전시관으로 갔다. 작자 미상의 보르게제 검투사(Borghese Gladiator)의 모습에 힘이 넘친다. 역동성이 어디 비할 데가 없다. 길고 큰 석관 위에

[그림 42-2] <미켈란젤로의 저항 하는 노예>

부조로 되어있는 리코모데스왕의 궁정의 아킬레스(Achilles at the court of King Lykomodes)도 볼만하다. 그 외에 여러 조각이 전시되어 있다. 드디어 미로의 비너스가 나타났다. 완벽한 비너스의 모습이다. 얼굴, 몸, 자세

등이 나무랄 데가 없다. 오래전에 봤을 때는 그저 잘 만들어진 작품으로만 생각했다. 이제 보니까 이 작품이 걸작이란 걸 알겠다. 더 많은 조각작품을 충분히 보고 나서 회화관으로 이동할 예정이다. 그리스-로마 신화의 아프로디테(Aphrodite, Borghese Venus), 아테나, 에로스와 큐피드, 님프, 헤르마프로디토스, 아르테미스 등 수많은 조각이 전시되어 있다.

오랜만에 조각을 꼼꼼히 봤다. 여기서 2시간여를 머물렀다. 대부분 회화에 집중하다 보면, 조소 작품에 소홀하게 마련이다. 몰입하면서 하나하나를 읽듯이 봤더니, 고대 시대에 다녀온 듯하다. 르네상스 시대에도 다녀왔다. 조각이 가진 힘을 로댕박물관에서 봤지만, 그보다 더 이른 시대의 조각을 보면 그 시대에 가 있는 듯한 착각이 든다. 로마 시대의 조각은 예술 이전에 당시를 느낄 수 있는 자극물로서도 큰 가치가 있다.

드농관 1층의 회화 전시관으로 올라갔다. 오늘은 사진을 되도록 찍지 않고 직접 감상하는 데 집중했다. 자크루이 다비드, 외젠 들라크루아 등의 작품을 다시 보았다. 다비드의 사비니 여인들의 중재(Les Sabines, 1799) 앞에 서서 다시 자세히 봤다. 대작이다. 이 그림에 얽힌 로마 건국의 로물루스와 사비니 여인에 관한 얘기를 떠올렸다. 이는 신화에 관한 그림이다. 그런데 다비드는 이 그림으로 프랑스혁명 이후의 왕정복고까지의 온갖 분쟁을 거두자는 의미로 그렸다니 현실을 도외시하지 않는 화가답다. 호라티우스 형제의 맹세 등 로마 신화에 관한 또 다른 그림들과 나폴레옹대관식의 그림도 역시 대작이다.

외젠 들라크루아의 민중을 이끄는 자유의 여신(The 28th July: Liberty Leading the People, 1830)이 이 방에 함께 전시되어 있다. 아이러니하게도 다비드가 분쟁 종식을 호소하기 위해 사비니의 여인을 그렸다지만 이후 프랑스는 분쟁과 갈등의 연속이었다. 그리고 이 그림처럼 프랑스대혁명 이후 40년쯤 후에 다시 7월혁명이 발생하게 되었다.

역사란 그런 게 아닐까 싶다. 갈등과 투쟁의 역사가 근대 민주주의 공화국을 가능하게 해준 게 아닌가. 유럽의 역사는 왕정체제 속에서 온갖 왕족과 귀족들의 공고한 지배하에 1천 년 이상 지속 되었다. 프랑스 곳곳을 돌아다니며 수없이 많은 성채를 보았다. 유럽 어디나 그렇다. 그리고 그 중심에는 왕족과 귀족 지배의 역사가 있다. 그들만의 혈연으로 얽힌 굳건한 카르텔이 있다. 우리나라나 중국 등의 아시아 국가들과는 비교할 수 없을 정도로 끈질기고 견고한 왕족의 역사가 있다. 그리고 그들의 귀족의 역사 또한 그러하다. 그처럼 견고한 정치지배 구조에서 민주주의가 잉태 되었다는 게 믿기 힘들다. 영국식, 그리고 프랑스식의 민주사회로의 이행은 유럽의 역사이자 인류의 역사 자체이다. 알 수 없는 인간사회의 특성이다.

[그림 42-3] <들라크루아의 민중을 이끄는 자유의 여신> 루브르 박물관에서 가장 유명한 회화 전시관의 대표적인 작품으로서 방문자 누구에게나 깊은 인상을 주는 작품이다.

그동안 들라크루아의 그림들을 자세히 보지 않았었다. 여기 있는 그의 그림들을 보니 터치가 강하다. 강렬한 느낌을

[그림 42-4] <들라크루아의 키오스의 학살>

전달하는 힘이 있다. 키오스의 학살(1824)은 체념과 절망을 극적으로 표현하였다. 보고 있으면 섬뜩한 느낌을 떨칠 수 없다. 선동적인 느낌이 인다. 알제리의 여인(1824)은 이국적인 화려함과 관능적인 분위기를 잘 그렸다. 표현력이 강하다. 젊었을 때 그린 그림인데도 말이다. 루브르 근처에 들라크루아 미술관이 있다고 하는데 다음에 파리에 오면 꼭 가봐야겠다.

이방 저방 돌아다니며 프랑스 화가들의 그림을 감상했다. 예술의 나라다. 그 외에 중세와 근세 영국과 미국의 그림도 볼 만하다. 다른 풍의 그림을 보며 예술적 표현의 차이가 어디서 오는 걸까 생각해보게 된다. 당연하지만 자연환경, 사회적 상황, 문화와 역사의 특수성과 차이가 영향을 미칠 것이다. 프랑스에 돌아다니다 보니 아름다운 자연환경부터 여러 여건이 프랑스 미술에 큰 영향을 미쳤겠다는 생각이 절로 들었다. 반면에 예술의 보편성으로 인하여 나라별 특수성에도 불구하고 서로 영향을 주고받으며 수렴하는 점도 있을 것이다. 여러 생각이 든다.

안루이 지로데 드 로시트리오종(Anne-Louis Girodet de Roussy-Trioson)이라는 다소 긴 이름의 화가가 그린 '피그말리온과 갈라테이아(1819)'라는 작품이 눈길을 끌었다. 학생들에게 피그말리온 효과(Pygmalion effect)가 작업장에서 가지는 의미에 대해 가르치던 게 생각났다. 무엇이든 가능하다고 믿게 되면 가능해지는 것이니 작업장에서 일하는 자가 가능성을 믿게 해주는 것이 동기부여에서 중요하다는 것이다. 믿음과 기대의 동기부여 효과에 관한 이론인데, 그리스 신화에서 피그말리온의 얘기를 비유하여 설명할 수 있다. 이 그림에서 안루이는 피그말리온이 자신이 만든 아름다운 여인 갈라테이아의 조각을 보며 간절히 원하는 모습을 그렸다. 그런데 그림에 붓의 터치를 전혀 남기지 않고 완벽하게 그렸다고 설명되어 있다. 다시 보니 정말 붓의 터치가 전혀 보이지 않고 완벽하게 그렸다. 나중에 알아보니 안루이는 다비드의 제자라고 한다. 그러고 보면 다비드도 붓의 터치가 드러나지 않게 그림을 그린 것 같다. 제자가 완벽하게 이어받았다. 흥미로운 일이다.

오늘은 모나리자 전시관 안으로 들어가봤다. 발 디딜만한 틈이 없다. 멀리서 사진 몇 장 찍고, 그냥 보기만 했다. 걸작이다. 멀리서만 보는데도 그 느낌이 온다. 이전에 볼 때보다 더 깊이 느껴진다. 내가 변한 것인가. 그림 보는 눈이 깊어진 걸까, 아니면 예술적 표현에 대해 이해의 폭이 넓어진 걸까.

[그림 42-5] <발 디딜 틈 없는 모나리자 전시관> 필자가 사람들 사이에서 손을 쳐 들고 멀리 있는 모나리자를 핸드폰으로 찍고 있다.

쉴리관 2층 대부분을 문 닫아

서 많이 볼 수 없었다. 몇 작품을 더 보고 빙 돌아서 리슐리외관 2층으로 갔다. 곧바로 프랑수아1세의 초상화를 볼 수 있었다. 왜 리슐리외관 2층을 대표하는 명화에 드는지는 잘 모르겠지만, 새로 익숙해진 인물이라서 그림으로 보는 게 흥미로웠다. 우리가 방문했던 슈농소성을 원주인 아들로부터 봉납 받은, 어쩌면 강제로 빼앗은 왕이다. 이후 슈농소성이 왕비들의 성이 된 것이다.

중세 프랑스 회화를 구경하다가 지난번 관람 때와 같이 북유럽 회화관으로 다시 갔다. 네덜란드 화가의 방까지 쭉 돌아다니면서 그림들을 좀 더 천천히 감상하였다. 문 닫는 시간까지 계속 그림을 감상하며 시간을 보냈다. 행복한 시간이다.

루브르를 나와서 한식당 [도깨비]에 갔다. 프랑스 자동차여행 기간에 한식을 제대로 못 먹었는데, 너무 좋은 식사를 했다. 속이 탁 풀린다. 한식이 좋다. 특히 김치찌개가 최고 좋다. 예전에 식당에 가면 절대 먹지 않던 김치찌개를 이제 가장 선호하게 되었다. 김치찌개가 한식의 최고봉이다. 한국식품점 에이스마트에서 장을 보고서 '귀가 작전'을 시작했다. 숙소로 돌아오는 길이 험난하다. M14 고속지하철이 운행치 않으니 고생이 이만저만이 아니다. M7을 타고 등등 돌고 돌아서 50분만에 호텔에 들어왔다. 마지막까지 씩씩하게 걸어왔지만 보통 힘든 게 아니다. 종아리가 단단해져 경직이 인다. 완전히 지쳤다. 숙소에 들어와서 면도부터 했다. 단정하고 깔끔하게 보인다. 기분이 좋아졌다.

오늘의 걷기: 16,655 걸음

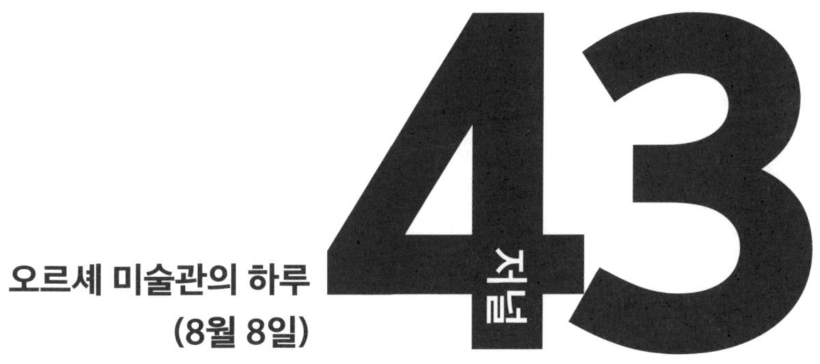

오르세 미술관의 하루
(8월 8일)

오르세 뮤지엄에 가는 날이다. 여행 9일차인 7월5일에 다녀왔는데, 다시 가보는 거다.

푹 잘 잤다. 여유롭게 조식을 먹으러 내려갔다. 가격이 싸다. 인당 12.9유로를 지불했다. 실내 및 실외 경치가 좋은 식당이다. 이른 아침에 내려갔더니 젊은이들이 많다. 여행을 서둘러야 하는 젊은이들이다. 곧 시니어 관광객들로 채워진다. 이어서 어린이를 포함한 가족 관광객이 들어온다. 어떤 패턴이 있는 건가. 여하튼 이 호텔에는 모두 관광객들이다. 비즈니스로 온 사람은 이런데 묶지 않으니 당연하다.

걷기를 많이 한 여행으로 종아리가 단단해졌다. 뭉친 근육이 쉽게 안풀린다. 어릴 때 선친으로부터 회초리로 종아리 맞던 생각이 난다. 몇 번 안 되었지만 아팠다. 가장 큰 벌은 거짓말을 했을 때였다. 항상 어떤 일이 있어도 거짓은 안된다는 게 아버지의 가르침이었다. 억울한 마음에 반발심이 날 때도 있었지만 결국 내 인생의 큰 기준이 되었다. 갑작스러운 회상이다.

아침에 오르셰 미술관 가는 길에 우버를 탔다. 15분밖에 안 걸린다. 이렇게 쉬운 걸 미처 생각해내지 못했다. 어이없기도 하다. 에어비앤비와 우버의 편리함과 효용에 대해 그리도 잘 알면서 이를 까먹었다. 여행의 혼미함에서 비롯된 것이다. 친절하고 세련된 기사가 우리의 기분을 좋게 해준다. 14.5유로 나왔다. 비용도 놀랍다.

센 강변으로 달리는 우버차 안에서 아내가 밖을 보더니 10퍼센트 정도는 한국인으로 보인단다. 열에 한 명이니 그만큼은 안되겠지만, 많이 보인다. 오르셰 근처에서 내려서 강변으로 갔다. 11시 입장이라서 약간 시간이 있다. 루앙으로 내려가는 센강이 평화롭게 흐르고 있다. 지금은 주로 관광객이 파리를 점거하는 시기인 거 같다. 오전의 센 강변에도 관광객만 보인다. 한가롭기도 하지만 한편으로 도시가 다소 휑한 느낌이 든다.

쉽게 안으로 들어왔다. 시작부터 즐겁다. 오늘 관람자가 엄청 많다. 어제 월요일 휴관했기에 그런가 보다. 오늘은 오르세의 0층에 있는 그림을 꼼꼼히 보는 날이다. 우리로 얘기하면 1층이 되겠다. 실제 0층에서 대부분 시간을 보냈다. 11시에 들어와서 오후 2시까지 세 시간가량을 여기서 있었다.

오른쪽 회랑으로 들어가니 프랑스 오리엔탈리즘이라 할 수 있는 그림들이 있다. 평소에 잘 보지 않는 그림들인데, 오늘은 천천히 볼 기회가 생겼다. 대부분 1860-90년대까지 프랑스 화가들의 작품이다. 이 당시에 오리엔탈리즘이 유행했던 모양이다. 하긴 앵그르의 오달리스크, 들라크루아의 오리엔트 배경의 그림들뿐만 아니라 인상파 고갱의 타히티 여인 등의 그림도 다 오리엔탈리즘이 아닐까 싶다. 자포니즘에 일시 빠졌던 고흐까지도 이런 범주에서 넓게 포함시킬 수도 있겠다.

이 회랑에 매우 많은 작품이 있었다. 특히 눈에 띄는 작품을 적어보면 아래와 같다. 모두 1860~90년대 프랑스 화가들이 그린 오리엔탈리즘 작품들이다. 레옹 밸리(Leon Belly)의 메카로 가는 순례(Pilgrims Going to Mecca, 1861)가 특히 더 내 눈길을 끌었다. 흥미롭게 보았다.

앙리 르노(Henri Regnault)의 그라나다 무어왕 시대 판결 없는 처형(1870),
알렉상드르 카바넬(Alexandre Cabanel)의 다말(Tamar, 1875),
에르네스트 에베르(Ernest Herbert)의 말라리아(1850)와 어린 세탁부(1869),
구스타프 기요메(Gustave Guillaumet)의 사막(The Sahara, 1868),
레옹 밸리(Leon Belly)의 메카로 가는 순례(Pilgrims Going to Mecca, 1861)

그리고 더 계속되는 회랑에서 내 눈길을 특히 끈 작품으로는 두 개가 있었다. 에르네스트 메소니에(Ernest Meissonier)의 프랑스의 1814년 캠페인(1814, La Campagne de France)이라는 1864년 작품에 나폴레옹이 진군하는 모습이 나온다. 백마를 탄 나폴레옹이 기마대 장교들을 이끌고 진흙길을 행군하는 그림이다. 앙리 레비(Henry Levy)의 코뮌(The Commune, 1871)은 파리코뮌 진압 당시의 폭력과 잔인함을 묘사한 그림이다. 섬뜩한 역사적 현장의 모습이다. 회랑의 끝에 이르니 오페라 가르니에의

[그림 43-1] <레옹 밸리의 메카로 가는 순
례> 오리엔탈리즘을 대표하는 작품의 하
나다.

모형이 전시되어 있고 특이하게 당시의 건축 과정이 설명되어 있다. 당시의 공연 장면의 모형도 있다. 나름 볼만했다.

반대편 회랑으로 가는 길목에 귀스타브 쿠르베(Gustave Courbet)의 큰 그림 두 개가 벽에 걸려있다. 그중에 화가의 아틀리에(1855)는 엄청나게 큰 대작이다. 묘한 그림이다. 유명한 인물들을 등장시키고 동시에 자신의 상황을 전하는 그림인 것 같은데, 여하튼 복잡하고 특이하고 재밌는 그림이다. 회랑을 돌아서 쿠르베 그림이 전시된 방에 들렀다. 사실주의의 대가인 쿠르베의 그림은 한마디로 경탄을 불러일으킨다. 부상당한 남자(1854)를 비롯한 여러 그림이 전시되어 있다. 논란이 되는 세상의 기원(L'Origine du monde, 1866)을 보며 놀랐다. 극사실주의를 추구하는 쿠르베의 대담함이 읽힌다. 놀랍게도 여성 누드 그림도 많이 그렸는데, 탁월한 실력을 보여주고 있다. 프티 팔레에 전시된 동성애를 그린 잠(Le Sommeil, 1888)도 파격적이고 사실적이었다. 그리고 폭풍의 바다(Stormy Sea, 1869)와 폭풍이 지나간 에트르타(1870)가 연이어 있다. 폭풍의 바다는 사실주의 화법으로 그려선지 실제 폭풍이 밀려오는 것 같다. 반면 에트르타를 그린 그림은 밝고 평화롭다. 그림을 보고 있노라면 평화로운 느낌이 그대로 전해져 온다. 정적이면서도 전달력이 좋은 그림이다. 쿠르베가 에트르타 그림을 여러 점 남겼다고 하는데, 그중 가장 대표작이라고 한다. 잘 그렸고 반갑다. 에트르타 그림을 배경으로 아내의 사진을 찍어줬다. 즐거움이 크다.

바르비종파를 대표하는 밀레
의 그림이 있는 방으로 갔다. 사
실주의의 한 축을 이루는 바르
비종파는 풍경화를 그리는 화가
들이 바르비종을 거점으로 활동
한 데서 비롯된 것이다. 바르비
종은 자동차여행 때 둘째 날에
들려보려고 했으나 일정상 포기
했던 소도시다. 인상주의로 넘

[그림 43-2] <밀레의 만종> 하루의 저녁기
도를 드리는 농부 부부의 모습이 경건하다.

어가기 직전의 화풍이라고 한다. 밀레의 그림들을 봤다. 초기작인 키질
하는 농부(1848)에서부터 여러 그림이 있다. 특히 이삭줍는 사람들(1857),
양치기 소녀와 양떼(1857), 만종(1859) 등에서 밀레의 서정성이 잘 드러난
다. 평화로운 느낌과 가난과 고행의 느낌, 그리고 만종에서처럼 감사하
는 마음 등이 그대로 전달되어 온다. 어릴 적에 밀레의 만종이 주는 감
흥이 별로 없었다. 이제 인간의 삶에 대해 점차 더 이해하게 되니 상념
과 감흥의 정도가 커졌다. 소도시 자동차여행 첫날 이후부터 계속 봤던
수확을 마친 밀밭이 생각난다. 그리고 신앙인으로서 이 그림을 보는 마
음이 남다르기도 하다.

바르비종파를 대표하는 또 다른 화가, 카미유 코로(Camille Corot)의 그
림이 전시되어 있다. 그의 여러 그림 중에서 님프의 아침 댄스(Morning,
the Dance of the Nymphs, 1850)가 특히 잘 그렸다. 그 외에 서정적인 작품들
을 볼 수 있었다. 코로의 풍경화가 맘에 든다. 로사 보뇌르(Rosa Bonheur)
의 니베르네의 쟁기질(Ploughing in the Nivernais, 1849)도 눈에 확 띈다. 내가
좋아하는 풍의 그림은 아니지만, 잘 그렸다. 밭을 가는 소들의 모습이

여간 실감이 나는 게 아니다. 사실주의 그림의 진수다. 이중섭의 추상화된 소가 잠시 생각났다.

1860년대 모네(Monet)와 바지유(Bazille)의 방이 있다. 모네의 멋진 그림들은 언제 봐도 감탄스럽다. 초기작품들이어서 선명하고 밝은 느낌이다. 정원의 여인들(1866), 까치(La Pie, 1869), 트루빌의 로슈 느와르 호텔(1870) 등이 눈을 즐겁게 해주었다. 노르망디의 농장의 뜰(1963)이라는 그림이 눈을 사로잡았다. 내가 여행하며 봤던 노르망디가 여기에 있다. 아주 초기작품인데 빛이 어스름하게 농장의 뜰을 비추는데, 꽤 사실적인 그림이다. 아직 본격적으로 빛의 그림으로 가지 않은 때의 작품이다. 우리의 노르망디의 추억이 이 그림에 담겨있다.

바지유라는 화가는 몰랐었다. 모네와 협업을 했다는 바지유의 아틀리에(1870)라는 그림이 아주 맘에 들었다. 이 그림의 내용 구성도 좋고, 특이하게도 마네(Manet)의 화풍이 약간 느껴졌다. 바지유가 모네와 마네의 중간에 있는 듯한 화풍을 만들어낸 거 같았다.

드가(Degas)의 방이 있다. 1870년 이전의 초기작품들이다. 지난번 특별전시회 이후에 일부를 여기에 갖다 놓은 거 같다. 그리고 티소트(Tissot)의 작품들이 함께 전시되어 있어서 감상하고 나왔다. 티소트의 더 유명한 작품인 저녁(Evening, 1878)이라는 그림은 건너편 회랑에 전시되어 있었다. 파리 사교계를 보여주는 아름다운 패션의 여성이 강렬한 인상을 주는 그림이다.

세잔의 방도 있다. 가셰컬렉션 작품들을 여기에 모아놨다. 대부분 초기작품이다. 림보에 있는 그리스도(1867)를 보니 엘그레코의 그림을 많이 닮았다. 강한 느낌이다. 초상화 아실 엠페라이레(Achille Emperaire, 1868)도 비슷하지만 약간 더 세잔 고유의 화풍이 보이는 듯하다. 달리아(1873) 등 초기 정물화에서도 아직은 세잔풍이 조금만 드러나는 편이다. 성 앙투안의 유혹(1877)도 세잔 느낌이 나긴 하지만 고유의 화풍이 덜 드러나 보인다. 세잔이 오베르 쉬르 우아즈에 살았던 기간에 그린 레미교차로(1872), 가셰박사의 집(1873) 등도 전시되어 있다. 이 도시를 방문했었기에 금방 눈에 띄었고, 반가운 마음이 들었다. 고흐가 정착하기 20년 전쯤에 세잔과 쉬라가 이 도시에서 살면서 그림을 그렸다. 재밌는 얘기다.

마지막으로 아카데미즘의 그림이 있는 방으로 갔다. 처음 들어본 사조이다. 두 개의 방에 전시되어 있는데, 이 중 하나는 윌리암 부그로(William Bouguereau)의 방이다. 아카데미즘의 대표 화가인가 보다. 그의 작품이 인상적이다. 초기작인 죽기 전의 평등(1848), 단테와 버질(1850) 등이 강렬하다. 그리고 젊음과 사랑(1877), 비너스의 탄생(1879)도 강한 인상을 주었다. 알렉상드르 카바넬의 비너스의 탄생(1863)이 있는데 부그로와 구도가 다른 그림이다. 아카데미즘으로 그 외에 몇몇 화가의 작품이 있는데, 공통적으로 신화에 나오는 대상을 누드로 그렸다. 그리고 그림의 특징이 붓 터치가 거의 드러나지 않는 매끄러운 피부와 배경으로 되어 있다. 검색해보면, 아카데미즘은 유럽의 미술 학교의 영향을 받아 제작된 회화나 조각의 양식을 말한다고 되어있다. 무슨 뜻인지 명확하지 않다. 나중에 더 공부해봐야겠다.

0층에는 이 외에도 다양한 그림들, 유명한 화가들의 작품들이 군데군데 전시되어 있다. 들라크루아의 호랑이, 호랑이수렵, 사자수렵 등

[그림 43-3] <부그르의 비너스의 탄생>

의 그림도 인상적이었다. 시간을 천천히 써가며 다 돌았다. 오늘 처음 눈여겨본 그림이 많다. 오리엔탈리즘과 아카데미즘을 새롭게 접했다. 전체적으로 쿠르베와 리얼리즘 화가들의 작품을 새로운 느낌으로 다시 보게 되었다. 예술의 세계는 광활한 우주와도 같다. 그 일부를 들여다봤다.

벌써 오후 2시다. 점심을 위해 2층에 있는 레스토랑에 갔다. 늦은 시간이어서 곧바로 입장할 수 있었다. 한국 젊은 커플이 여럿 보인다. 옆 좌석에도 있다. 식사하다가 그들이 나갈 때쯤 말을 걸었다. 파리 여행을 잘하고 있는지 물어보니, 파리에 처음 와봤고 재밌다고 한다. 곧 런던으로 이동할 예정이란다. 남은 여행을 즐겁게 서로 양보하며 열심히 잘하라고 격려해주었더니, 고맙다고 감사를 표한다. 괜찮은 젊은이들이다.

식사 후 좀 더 쉬고 나서, 세시반쯤에 5층으로 올라갔다. 와, 엄청나게 붐빈다. 사람들이 밀려서 이동하는 느낌이다. 고갱과 고흐, 그리고 로트렉도 있다. 고갱의 여러 작품이 전시되어 있다. 노란 예수상과 자화상, 프로방스 농가의 그림, 타히티의 여인과 빛을 담은 그림들, 동물과 함께하는 그림들이 보인다. 고갱의 그림은 초등학생도 구별할 수 있다. 독특하고 열정적이다. 고흐의 그림도 많다. 자화상부터 많은 그림이 전시되어 있다. 고흐는 고갱의 충고를 받아서 아를에 갔다. 빛을 찾기 위해서다. 그리고 여기 전시된 많은 명작을 남겼다. 아를의 침실 (1889)은 여전히 밝고 따뜻하고, 휴식의 마음을 불러일으킨다. 아를의 댄스 홀(1888)은 약간 로트렉의 그림을 연상시킨다. 고흐의 방에는 발 디딜 틈이 없을 정도다. 고흐의 론강의 별이 빛나는 밤(1888)은 지난번과 달리 차분히 감상하기가 불가능하다. 그리고 고흐는 1년 후 정신병원(생레미 요양병원)에서 사이프러스가 있는 밀밭(1889)과 밤하늘의 별빛에 사이프러스 나무를 담은 별이 빛나는 밤(1889)을 그렸다. 이 그림들이 내가 어린 시절에 깜짝 놀랐던 그림이다. 고흐가 격렬한 감정 상태에 있던 시점에 그린 그림이어서 내게도 강렬하게 다가왔을 것이다. 이 작품들은 나중에 뉴욕 메트로폴리탄 뮤지엄과 뉴욕 현대미술관(MOMA)에서 볼 수 있었다. 그리고 아를과 인근의 생레미 요양병원에 가보기도 했다. 평생 고독했던 화가 고흐가 내 마음을 끄는 이유를 정확히 모르겠다. 유독 고흐의 그림이 내게 깊은 울림으로 다가오는 이유를 아직도 나는 잘 모른다.

순서가 바뀌었다. 들어오다 보니 후기 인상파부터 보게 되었다. 다시 돌아가서 초기 인상주의 화가들의 작품이 있는 방으로 갔다. 마네, 모네, 드가 등이 있다. 풀밭 위의 점심식사(1863) 등 대작들이 걸려있다. 지난번에 마네와 드가의 특별전시에서 본 그림들이 여기 원래 자리로 돌아왔다. 논란의 작품인 마네의 올림피아(1863)가 눈을 사로잡는다.

[그림 43-4] <고흐의 별이 빛나는 밤> (뉴욕 MoMA 소장) 고흐의 최고의 작품이다.

[그림 43-5] <쿠르베의 폭풍이 지나간 에트르타>

모네의 그림이 참 많다. 수련, 정원, 여인 등 수많은 대작이 전시되어 있다. 모네의 수련은 오랑주리미술관에도 연작 형태의 초대형 작품이 전시되어 있다. 그리고 여기에 루앙대성당 파사드의 연작 4점이 있다. '아침 햇살'부터 4개를 아내가 열심히 사진으로 찍고 있다. 아침 햇살 외에 맑은 날, 흐린 날 등의 연작이 있다. 전세계 뮤지엄에 더 많은 루앙대성당 연작이 있다고 한다. 오르셰에 가장 많은 다섯 점이 있다고 하는데 우리는 4점만 볼 수 있었다. 에트르타의 거친 바다(1868-69)도 있다. 노르망디에서 어린 시절 대부분을 보냈다는 모네가 에트르타를 자주 방문해서 여러 번 그렸다고 한다. 쿠르베의 에트르타가 사실주의에 의한 그림인 데 비해서 모네의 에트르타는 빛에 따라 변화하는 느낌을 담은 그림들이다. 그런데 이번에 오르세에서 본 두 화가의 그림은 큰 차이

[그림 43-6] <모네의 에트르타의 거친 바다>

가 생기기 이전의 작품으로 보인다. 작품 년도를 비교해보니 모네가 2년 먼저 그렸다. 쿠르베가 모네의 에트르타를 보고 무슨 생각을 했을까? 아니면 쿠르베가 에트르타를 그릴 때 모네의 그림을 보지 못했을 수도 있겠다.

귀스타브 카유보트(Gustave Caille-botte)의 작품들이 전시되어 있다. 아내가 좋아하는 화가 중 하나다. 마루를 대패질하는 인부들(The Floor Scrapers, 1875)이 어둡고 칙칙한 분위기를 자아낸다. 당시 중산층 아파트의 바닥을 대패로 긁어내는 노동자들 3인을 그렸다. 리얼리즘과 인상주의의 중간 정도라고 설명되어 있다. 카유보트 특유의 갈색과 회색의 그림이다. 나중에 기념품점에 들러서 이 그림의 마그넷을 샀다. 그리고 오르세에 전시된 지 몇 년 안 된 작품으로 프티 젠느빌리에 정원의 해바라기(Les Soleils, Jardin du Petit Gennevilliers, 1885)라는 작품이 통로 쪽 작은 벽 하나를 차지하고 있다. 고흐의 해바라기에 비해 매우 사실적인 그림이다. 이번에 오르세에 새로 전시되었다는 보팅파티(Boating Party, 1877-78)라는 작품이 강한 느낌을 준다. 카유보트 최고의 작품이라고 설명되어 있다. 루이뷔통(LVMH) 재단에서 기부했다고 쓰여있다. 그 외에 지붕의 전망(Vue de toits, 1878) 등 몇 개의 그림이 더 있었다. 아마 오르세 미술관에 가장 많은 작품이 있는 거 같다.

나는 사실 이 화가를 잘 알지 못한다. 그의 작품 스타일을 좋아하는 편도 아니다. 다소 무덤

[그림 43-7] <카유보트의 마루를 대패질하는 인부들>

덤하고 지루하게 느껴진다. 고흐처럼 강렬하거나 르누아르처럼 부드러우면서 화려한 그림이 더 좋다. 아내에게 왜 좋아하는지 물어봤다. 젊은 시절에 시카고미술관에서 비오는 날 파리의 거리(Paris Street: Rainy Day, 1877)라는 작품을 보고서, 좋아하게 되었다고 한다. 파리의 라파이예트 백화점이 있는 거리를 그린 풍경화로 독특한 정취가 담겨있는 그림이다. 비 내리는 희뿌연 거리가 회색 톤으로 그려진 시원한 느낌을 주는 대작이다. 우리 집 냉장고 옆면에 붙어있는 (아내의) 마그넷을 보면, 꼼꼼하고 섬세하게 그린 것도 알 수 있다. 여하튼 인상주의 화가의 후원자이면서 스스로 인상주의 화가에 반열에 다소 애매하게 들어갔다는 카유보트의 작품을 즐길 수 있었다. 이 화가를 조금씩 좋아하게 될 거 같다.

르누아르와 세잔의 방이 있다. 세잔의 정물 그림들, 카드치는 사람, 목욕하는 사람 등 여러 작품이 있다. 모두 좋은 그림들이다. 젊을 때 세잔의 그림에 그다지 끌리지 않았으나 이제는 좀더 매력을 느끼게 되었다. 세잔의 그림에 대해 내가 평을 하기에 쉽진 않지만, 그의 집념과 고유한 스타일이 좋다. 그리고 생–빅투아르산(Montagne Sainte-Victoire, 1890)이 보인다. 세잔의 고향인 엑상프로방스 인근에 있는 생–빅투아르산을 그린 그림이 여러 개 있다는데, 여기 전시된 그림이 가장 밝고 좋은 것 같다.

르누아르의 그림은 말할 나위 없이 화려하고 부드럽고 아름답다. 많은 작품 중에 물랭 드 라 갈레트의 무도회(1876)가 눈에 들어온다. 아름답고 화면에 꽉 찬 구성이 현란하고 즐겁다. 르누아르 최고의 작품 중 하나가 틀림없다. 미국 워싱턴DC의 유명한 사립박물관인 필립스

콜렉션(Phillip's Collection)에서 보았
던 르누아르의 또다른 명작, 보
트파티에서의 오찬(Luncheon of the
Boating Party, 1880-81)과 구도가 유사
하고 느낌도 비슷하게 밝고 즐겁
다. 그때 감탄하며 놀랐던 감정
이 다시 살아났다. 보트파티 그
림을 담은 머그컵을 사서 지금껏

[그림 43-8] <르누아르의 물랭 드 라 갈
레트의 무도회>

잘 쓰고 있다. 그 외에도 여러 인상주의 화가의 작품을 대충 보고 관람
을 마쳤다. 로트렉, 피사로, 쇠라, 시슬레, 시냑 등의 그림을 즐겼다.

뉴욕 메트뮤지엄을 비롯해 전 세계 많은 미술관과 박물관에 이들의
그림이 전시되어 있지만, 오르셰 미술관에 단연 최대이자 최고의 작
품이 전시되어 있다.

명작들의 향연을 마쳤다. 그리고 특별히 우리 여행과 관련된 그림들
도 눈여겨서 보았다. 세잔의 오베르 쉬르 우아즈 그림 두 점, 모네의 루
앙대성당 연작 네 점, 쿠르베의 에트르타와 모네의 에트르타, 밀레의

밀밭 등이 우리의 기억에 자리를
잡았다. 이번 여행지를 명작에서
보게 되니 반갑고 즐겁고, 그리고
기억이 새롭다. 한편으로 이상하
기도 하다. 그림이 다르게 보인다.

이 기분이다. 프랑스인, 유럽
인에게는 많은 그림이 자신의

[그림 43-9] <르누아르의 보트파티에서
의 오찬> (워싱턴DC 필립스콜렉션 소장)

실생활 속에 있는 거다. 우리가 미술관에서 보는 명화들이 그들이 실제 사는 세상을 아름답게 채색해주는 것이다. 그리고 수많은 명화가 자신들의 역사를 고증하거나 재해석해주기도 하는 것이다. 이를 생각하니 부럽기도 하고 소원함도 느껴진다. 그러나 그림은 그 자체로 가치를 발현한다. 그 배경이 어떠하든 말이다. 이런저런 생각으로 공감과 소원함의 묘한 기분을 품고서 오르셰를 나왔다.

우버를 타고 편하게 숙소로 돌아왔다. 다섯시반이다. 이틀간의 막간 예술여행이 끝났다. 예술적 감성으로 우리를 충전한 시간이었다.

이제 아이슬란드 모드로 빨리 바꿔야 한다. 옷가지를 완전히 교체하고, 가지고 가는 짐을 최소로 만들어야 한다. 아이슬란드 항공의 수화물이 제한되어 있어서, 가져가야 할 짐과 남겨두고 가야 할 짐을 구분해서 정리할 일이 많다. 저녁 내내 짐을 쌌다.

중간에 저녁식사를 하러 급히 나갔다. 한식당을 찾았으나 문을 닫았다. 근처에 일식당이 있어서 들어갔다. 스시유키라는 음식점인데 일본음식이 아닌 중국음식의 맛이 난다. 간판과 다르다. 어제에 이어서 오늘도 저녁식사가 탐탁지 않았다. 이 지역이 아직 신흥 주거지로서 투박한 점이 있는 거 같다. 어쨌든 때웠다. 다시 들어와서 계속 짐을 쌌다.

그리고 아이슬란드에 가기 전 지금까지의 모든 사진과 동영상을 업로드 했다. 자다 깨다 하면서 새벽 1시50분에 끝났다. 휴식이 부족해서 약간 걱정되기도 한다. 그래도 다 잘 해내리라고 마음먹고 스스로 위로하였다.

오늘의 걷기: 11,165 걸음

2일간의 걷기 총계: 27,820 걸음

　며칠간 계속 꿈을 꿨다. 아이슬란드인 듯, 모르는 세상인 듯한 낯선 해안가를 걷기도 하고, 프랑스 어느 이름 모를 사원(성당)에 앉아있기도 한다. 알프스 어느 산자락을 무작정 걷고 있는 내가 보이기도 한다.

　시간이 주름진 것 같다. 두 달 전 집에서의 생활방식이 잘 기억나지 않는다. 커피 끓이는 도구도 생소하다. 면도기를 어디에 두던지 생각나지 않는다. 아내도 마찬가지다. 심지어 냄비가 어디에 있는지 생각나지 않는다고 한다. 희한한 경험이다. 우리는 둘 다 일시 홈리스가 되었다. 여행의 몰입이 익숙한 것들을 잊게 했다.

　어느 순간 일부 기억이 돌아오더니, 서서히 연쇄적으로 모든 집기와 옷가지들의 위치가 떠올랐다. 어디에 어떤 겉옷이 있는지, 어디에 양말이 있는지도 알게 되었다. 내 집의 익숙함이 돌아왔다. 현실이 기억의 장소에 자리를 잡았다. 이로써 여행의 여행에서 내려왔다. 현실로 돌아온 것이다.

아래 내용은 내가 여행을 떠나기 전에 기록해놓은 것이다.

여행의 목적
- 비우고 채우는 여행
- 퇴임 후 일상으로부터 탈출

내가 이번 여행에서,
비우고 버릴 것: 아이들과의 갈등과 걱정, 아내와의 남은 거리,
나에 대한 성취와 인정의 갈망, 그리고 삶에 대한 습관적 의미
부여
채울 것: 즐거움, 사랑, 단순함, 자유로움, 그리고 에너지와 의지력

나에게 여행이란 전환점이다. 새로운 기점이다. 보고 듣고 느끼
고, 그리고 즐기는 것이다. 단순함을 찾는 것이다. 호기심을 충족
하는 것이다. 역사, 문물, 인간, 자연에 대한 호기심을 채우는 것
이 여행의 목적이다. 여행의 바쁜 일정이 곧 내게는 휴식이다.
휴양지에서 쉬는 것은 내겐 여행이 아니다. 호기심을 채우고 만
족하며 새 삶의 끈을 다시 매는 것이 나에겐 여행의 목적이자
가치이다.

이번 여행을 통해 새로운 길을 가자.

나는 얼마나 변했는가?

희로애락의 순환에 인생이 있다. 우리는 기뻐하고 슬퍼하고 분노하
고 행복해 한다. 나의 인생은 더 그러하였다. 돌아보니 희로애락이 너
무 컸다. 휘둘렸고 아팠고 허망했다. 기뻤고 즐거웠고 보람이 있었고

자랑스러웠다. 다시 아팠고 쓰러졌다. 이에서 해방되기 어렵다. 죽기 전까지 우리는 희로애락 속에 산다. 단지 엷어질 따름이다. 초연함의 슬픔이다.

여행은 이를 이겨내는 길이다. 자연과 교감하고, 경외하고, 그리고 그 생명의 힘을 내게 받아들인다. 역사를 마주하고 세상을 다시 보게 된다. 그리고 나의 인식의 세계를 확장한다. 그리고 나를 다시 규정한다. 지금 내가 서서 있는 곳을 자각하고, 새로운 길로 나아간다. 다시 출발하는 것이다.

귀국 후에 한 달 동안 여행 앓이를 했다. 내 생애 가장 강렬한 여행을 한 후유증이다. 많은 여행을 다녔지만 이처럼 밀도 있게 여행을 다닌 적이 없다.

이번 여행의 저널은 기록에 충실한 자기고백서 형식이다. 보고 느낀 대로 가감이 없이 쓰고자 애썼다. 여러 이유로 민감한(keen) 상태가 된 최근의 내 자신을 그대로 열어두었다. 그러다 보니 많은 생각이 일었고 많은 현상이 보였다. 내 과거의 경험과 인식이 호출되었다. 그리고 과거의 나와 현재의 내가 서로 대화하고 미래의 나를 찾아보는 시간 여행을 했다. 동시에 내가 집착하고 있는 모든 것으로부터 자유를 얻는 시간이었다.